錯誤地與十年前的女孩通信

作者序

感謝你翻開這本書，看到這一篇序，我想應該算得上一種緣分。

這故事寫於二零一五年，臨今已經七年。七年，相信故事中的欺凌的事情仍然不斷發生，晝夜不斷在不同的學校、職場上演，源自人類的無知和陋性，造成無限的傷害。乍看之下，日光之下並無新事，世界仿似沒有改變。

如果對人性絕望，可能會覺得幾千年來，人類即使進入文明，還是逃不開互相傷害的歷史循環，戰爭一次又一次發生，大屠殺一次又一次上演，演化幾千年，人類還是原地踏步，人性其實沒有希望。

但我還是認為，歷史不是一個循環，雖然緩慢，但我們仍然變得比一千年前文明；

我還是希望相信，人類總是學不懂教訓，仍會在錯第十次後學懂；

我還是希望相信即使看似沒有進步，還是會有一點進步。

希望這個故事能帶給相同經歷的你，有一點點安慰。

但願這個世界善良一點。

在這裏，感謝一直支持我的 Christy，愛你。

西樓月如鈎
二零二二年・夏

目錄

序章

那是一張殘舊不堪的桌子，坐落於班房的一角。

枱角磨損得破爛刺人，桌腳鐵銹嚴重，油漆早已完全脱落，枱面盡是褪色的筆痕，寫着什麼「某某某，我喜歡你！」、「ＸＸＸ到此一遊」、數學的公式或是霉黃的塗改液漬。

一張完全不起眼的桌子。

人生有許多不同的遇見，在機場的遇見、在公園的遇見、在圖書館的遇見、在地鐵的遇見、在朋友派對的遇見、在陌生國度街道上的遇見，甚至在跳傘時的遇見。

我想，大概我們的相遇是最奇怪的吧？

二零一二年的我，在這張桌子遇上了二零零二年的她。

我一直深信，每件事情總有其目的。我們找到了，只是……

這是一個中學的故事，要在中四暑假的一件不尋常的小事開始説起……

每間學校總有
一兩個校園傳說。

第一章

第一章

每間學校總有一兩個校園傳説。

也忘了是誰先提起，不過確實挑起大家的好奇心，特別在訓練營。晚上時段，一群人聚首在同一間房間無所事事，自自然然就聊起在學校遇過的奇怪、恐怖事。

「喂，到底係咪講學校有咩傳説啫？」

幾個人坐在兩張摺疊牀合拼成的大牀上，關上所有燈，整間房間一片漆黑，各人拿起被子蓋着自己，好像心理上會比較安全點，就這樣整裝待發，帶着緊張的心情準備聽故事。

我記得，那一晚，寶兒剛好坐在我的旁邊，我還能稍微聞到她剛洗完頭後芬香馥郁的髮香。

「咁……邊個講先？」

「我講先啦。」班裏的大家姐，李蘋怡説。

李蘋怡之所以被稱為家姐，不是因為她有什麼背景，而是因為她各項全能。

你懂的，中學生涯之中，班上總有一個班長，無論在成績上或是體育上都名列前茅。她是風紀長又兼任學生會主席，品學兼優的學生，在班上擔任一個領導的角色，自然大家都尊她為家姐。

「呢個係聽陳 Sir 講返嚟。」她拉一拉白色緊身的 T-SHIRT，清一清嗓子，動作好像畢業生代表致演講辭。

「陳 Sir ？邊個陳 Sir ？物理嗰個？」

李蘋怡頷首示意，續道：「呢件事係真人真事……」

但凡加上「真人真事」四字，信用度就提升十倍……好吧，我還是不阻住大家聽她説話。

「你哋都知啦，一到夜晚，所有嘅實驗室嘅門都會鎖晒㗎嘛。」李蘋怡望一望大家，各人點頭肯定，唯獨我一個喃喃自語：「係咩？我唔知。」

「略。」誰知坐在我身邊的寶兒偷笑一下，她馬上又回復正常表情。

李蘋怡續説：「曾經有個學生因為校慶節要幫手，所以喺學校留到好夜，夜到幾乎所有人走晒。呢個時候佢急尿，就經過實驗室去廁所，但當佢行過走廊，竟然聽到無人嘅實驗室無緣無故傳出『咔啦咔啦』枱櫈嘅移動聲……」

特別是「咔啦咔啦」，李蘋怡説得繪形繪聲，又增添幾分恐怖的臨場感。

　　「咔啦？」

　　李蘋怡説：「個學生膽粗粗咁去敲門，『咚咚』，啲枱櫈聲好似有生命咁，一聽到就即刻靜咗，無任何聲再發出嚟。他再敲多幾下，都係無人應。佢諗會唔會係無鎖到，有人喺入面咋？佢想開門入去睇下，一扭，先發現……」

　　我發覺這樣的停頓位很惹人討厭，因為永遠都有效。

　　「所有門已經鎖咗……換言之，係一個密室，根本無人入到去……一個無人嘅密室又點會有人入到去？」李蘋怡神色凝重地説。

　　所有人沉默半晌，這個故事當作開頭算是不錯，可算是拋磚引玉。

　　「到你哋啦。」李蘋怡見氣氛還可以，就交棒給下一個人。

　　「我！我聽過一個好離奇。」李蘋怡旁邊的張自強舉手。

　　「話説……喺大概好耐之前，我哋學校有個中三女學生，佢有一段時間患上咗精神病。」張自強低頭説。

　　「佢上堂會無啦啦大喊，喊到收唔到聲，又會好情緒激動咁推跌所有嘢，嚇親好多身邊嘅同學。後來有人話咁樣好影響上堂進度，老師又

對呢啲事無能為力，唯有叫佢喺屋企養病，其實即係停學。」他續道。

「後來過咗一段時間，佢終於好返啲，決定重新返學。佢返嚟後，同學都好接納佢同好包容佢，而老師都覺得佢好似多番笑容咁，當大家都以為佢好返晒時……佢突然自殺死咗。」

聽到這裏，我感覺到寶兒輕微地打了一下冷顫。

「係點死㗎？」寶兒問。

「佢由五樓跳落操場死。每個人都話，當日佢精神病發，就咁死咗。」

即使在漆黑中，仍然可以看見大家的眼睛都集中在張自強身上。

「過咗無幾耐嘅一次早會，全世界都喺操場集會㗎嘛，有人唔知係咪無聊，就抬頭周圍望，佢一望……竟然望到五樓走廊度有個學生……早會又試問點會有學生可以唔喺操場？除非……」他壓低聲線地說。

「除非嗰個人係大家都無預期佢會喺度。」我說。

「無錯，只有一個人大家會無預期佢會出現，嗰個人望真啲，原來五樓走廊個女學生就係自殺死咗嗰個女仔！」張自強說。

「黐線㗎！好恐怖！」一向最多說話的阿婷不禁尖叫，看不出原來她這麼膽小。

「好多老師都好緊張，大概五、六個即刻衝上樓去搵，但乜嘢都搵唔到。」張自強最後總結道。

「真定假㗎？」阿婷開始質疑真實性。

「地理個李芝鳳講㗎，佢當年係其中一個衝上去嘅老師，唔信可以問佢。」

「聽故咪駁故啦，咁跟住呢？」散彈問。散彈是一個人的花名，他在故事中很重要，我們晚一點會介紹他。

「佢哋乜都搵唔到嘛，但係個同學嗰日已經驚到暈低咗送院……之後有人都會問係咪個同學睇錯咋？」

寶兒認真的點點頭，她的手不自覺將棉被拉得更緊實。

「妳好緊張啊？」我笑問。

她抿抿嘴的苦笑説：「嗯，我好驚……」

「畀個枕頭妳，有嘢攬住無咁驚。」我遞上自己的枕頭給她。

「唔該。」她笑着接過。

張自強繼續説：「離奇嘅事開始不斷發生。有一次，一個女仔去五樓個女廁，當去完準備洗手時，咁正常洗手都會照鏡㗎嘛，但佢一照……竟然見唔到自己嘅樣喺塊鏡度……而係另一個臉色蒼白嘅女仔望住佢……」

「係……係嗰個自殺死咗個女仔？」小雅問。

張自強神色凝重地點點頭，我感到一股寒意從背部一直爬升至頭部。

寶兒更嚇得縮了一團，靠攏我的方向，我的手能稍稍踫到她的手臂。

「而且唔單止一個，仲要陸續好多個女仔都話照鏡嗰時見到……唔止有一個目擊證人。最後件事鬧到好大，校長低調咁請法師返嚟打咗場齋，再聽個法師講將男女廁調轉，咁先無事……」

「嘩，呢個如果係真，就真係嚇死人，我以後唔敢去五樓個廁所。」阿婷抱緊自己說。

「話唔定妳個樣已經夠嚇返隻鬼呢。」張自強說笑，阿婷馬上怒瞪他。

「仲有無其他啊？」李蘋怡問。

大家似乎都被剛才的故事嚇倒，一時間沒有人回應。

「如果無人講，咁我都有一個嘅……」在我身旁的寶兒不肯定地舉手。

「寶兒？妳唔係上年先轉入嚟咋咩？」李蘋怡問。

「係啊⋯⋯但我都有聽啲朋友講過。」寶兒回應道。

我的心猛然一縮，不會是那個李俊朗吧？

「咁妳聽過啲咩？」李蘋怡再問。

「其實⋯⋯」寶兒輕輕側頭一想，再說：「都唔算係啲咩恐怖故事，不過我覺得幾神秘。我聽聞學校有張枱，個張枱嘅櫃桶好似一個無底嘅黑洞咁。」

「黑洞？」我問。

「傳聞張枱睇落去比一般枱更舊，似乎有好耐歷史。而你擺咩落櫃桶，過一段時間就會無咗，消失得無影無聲。」

「會唔會只係畀人偷咗咋？」張自強問。

她呆愣一會，似乎沒有想過這個可能，過了數秒後才微笑說：「哈，係喎。」

大家都被她的反應弄得哈哈大笑。

見到大家哈哈大笑，她也覺得沒有所謂，過了幾秒，想到什麼，又急忙說：「不過、不過⋯⋯啲人係叫佢做『被詛咒的桌子』，所以唔會有人用，好似話近年都無乜人再見過佢。」

「唔知啲消失咗嘅嘢去咗邊呢。」散彈說。

「應該去咗交易網。」寶兒自嘲說。

大家再次嘻嘻哈哈，剛才說故事的恐怖氣氛已經消失不見。

後來各人還是會聊到心儀的對象，散彈一直凝望小雅，小雅卻裝作看不見。

那晚過後，我們便在第二朝早出 Camp。說過的故事，也像離開營地一樣，把它遺留了，沒有人再記得、也沒有人再提。

直到……一件事的發生。

「今次第幾次？」
我收下信，算是答應了他。

「第七十九次。」他自豪地道出。

第二章

第二章

在講述這件事之前，要介紹一下先前提過的散彈，因為整件事由他而起。

散彈的真名叫陳子誠，跟我多年都是同班同學，也是最好的朋友。散彈這個花名的由來，是源於他每次說話時，都具有一定的爆發力。

每逢他開口，嘴裏的一氧化二氫啊、溶菌酶、鈉啊鉀啊便會如散槍彈一噴脫出，其勢似飛霧散地，防不勝防，會讓人有錯覺：「哈⋯⋯原來香港也有水災。」

「金漿玉醴呢家嘢你識咩啊，清水灌靈根啊。」在他噴得我一臉「甘露」時，他總會這樣反駁。

我完全搞不懂怎樣又水又酒，水變酒的好像是耶穌？而重點是，我不想要你的口水。

但無論如何，他是我最重要的朋友。由小二到中五，我們認識了八、九年，同班了七年，就如他所說，我和他鐵定是隨便一個上輩子不知做錯什麼壞事，或是對另一個人做了什麼壞事才修得如此的「怨緣」。

有些人就是你猜想不到，他跟你的緣分是如此的深。

在一個炎炎的暑氣還未消去的夏天，剛開學不久，太陽的猛烈仍是曬得讓人昏厥，吹過的風是暖烘烘，加上好像不合時間、「嘰嘰」不斷的蟬鳴聲。

「好熱啊好熱啊。」

在高溫下，最要命是站在操場聽着校長的訓話。

「同學，我哋今年講三個字！精益求精！我記得我中三嗰年啊……」

我瞧着校長站在講台，眼前的事物好像有點迷迷濛濛。

「阿俞，一陣幫我做啲嘢啊，唔該。」散彈趁班主任老黃巡到隊尾時對我說。

「我唔會再陪你着二十件衫，戴三個胸圍！同埋裝兩個網球扮女人，仲要戴埋個死人假髮，你知唔知有幾熱？」我急忙搖頭說。

上次小雅生日，那個笨蛋不知從哪來的屁主意，要我跟他扮女人逗小雅開心。是的，她是樂透了，連帶我被嘲笑了兩個月。

「今次唔同㗎啦。」

他說，我的選修科是歷史、地理。而他、李蘋怡、寶兒、阿婷則是經濟和企財，張自強是經濟、地理。我點點頭。

·

他又説，我們第一天的課是全部都是選修科，而且只有半晝，我又點點頭。

他再説，小雅跟我同樣是選修歷史、地理。

「所以呢？」我問，究竟到重點沒有？

「所以唔該你幫我畀佢。」他鬼鬼崇崇的給我一封信和一盒朱古力。

「做咩唔自己畀？」

「你成日都見到佢嘛。」

「你而家夠見到佢囉。」

「邊有人早會畀情信㗎？」他説得理所當然。

「咁你咪晏啲畀佢囉，托人畀邊有誠意㗎。」我遞回給他。

「唉，我夠想，佢呢排見到我就避開。我諗如果我畀，佢實唔收，唔該你啦。」

「今次第幾次？」我收下信，算是答應了他。

「第七十九次。」他自豪地道出。

「黐線，你有無諗過其實你已經無可能。」七十九次，超越正常的次數，一個正常人也一早知道放棄。

一個女孩拒絕那麼多次，正常人早就打退堂鼓。

「我知啊。」

可惜散彈不是正常人，沒有面皮可言。

開學的第一堂選修堂，多數任人亂坐，我就選最後一行的位置，方便睡覺嘛，坐下後，便隨手將信和朱古力放在櫃桶，伏在枱上睡覺，打算待下堂才把信給小雅。

散彈初相識小雅時，並沒有一眼就喜歡上她，只是覺得她是一個聊得來，漂亮又有點可愛的女孩，當作一個朋友看待。

由於大家投契的關係，他們愈來愈友好，變得無所不談，成為好朋友，經常聊電話直到天亮，一起裝病不上學。睡夠了，他們就結伴到長洲吃甜品。

真正使散彈動心，是在一次由長洲乘船回家時，小雅對住大海唱：「愛你，我管不了是禍，未想過是為何，能愛着你苦也未去躲～」

儘管事後證實小雅是無心對着他唱，神女無心但襄王有意，散彈還是心動了。

他說：「嗰時，喺金黃夕陽嘅襯照下，佢真係好靚。」雖然他說的時候十足一個痴漢，但我也相信，那場面應該是唯美動人。

當刻，他忍不住表白：「我鍾意你。」

「我⋯⋯我希望我哋係朋友。」

雖然被拒絕了，散彈卻沒有放棄過，幾年間一直不斷表白，而小雅亦開始漸漸疏遠了他。

到今天的第七十九次。

我看得出他算花心思，這次的朱古力應該是他自己親手造的，還有一封信，不知道寫了什麼呢⋯⋯

「落堂啦，Goodbye class.」

「Goodbye Miss Cheung.」我迷迷糊糊的跟住全班站起身，口唸經文，鞠了一個 10 度的躬，就去另一個課室上地理堂。

地理的老師肥陳，全班男孩對他的仇恨簡直是壯志飢餐胡虜肉，飲其血也不能消眾仇，總有些老師是偏心到畫出腸，特別是對女生，私底下我們都叫他「鹹濕陳」。

「小雅，暑假去咗邊度玩啊？」小雅是級上數一數二的美女，當然不能逃出他的魔掌，他經常用一種好色目光從上而下打量小雅。

「無啊陳 Sir，同朋友去咗長洲個 Camp。」

說起小雅，我好像忘了什麼……

「大鑊，我漏咗封信同朱古力喺啱先班房！」散彈鐵定會把我揪死。

下課後，我急急忙忙返回剛才的班房，當回到座位，我彎身一探，想把信拿出時……

嗯？

感覺怪怪。

摸了幾下櫃桶，還是空空的感覺，低頭一看……我肯定我的嘴巴張得比亞馬爾半島的洞還圓大。

沒有！沒有！沒有！

散彈的朱古力不見了！！只剩下他的信。

咦？

不，先等等。

細看一下，原來連信也不是散彈那封，本來的是綠色的，現在這封是純白色的信，封面有秀麗有勁的字體寫着：「給陌生的你。」

發生什麼事？信會變色？

我立即拆開那信，裏面寫着：

親愛的同學：

這封信的情感真摯細膩，極為觸動人心，

而且詞藻頗為華美，用字經過深思熟慮。

從字裏行間看得出你「字字看來皆是血，十年辛苦不尋常」

可謂一篇感人的情信，讓人不禁感嘆此文只應天上有，何事落塵間。

唯有一事甚為不解

借問聲你邊位？

我應該唔識一枝叫散彈嘅槍（如果係個名真係好 MK^^），同埋我個名亦都唔係乜嘢小雅。

究竟放一封同我唔關事嘅信去我櫃桶為咩？你到底係咪擺錯櫃桶？

P.S. 我搵唔到回信方法，只好放返喺我櫃桶，但你睇到應該證明你返咗嚟拎。

你咽位可愛但個名唔係小雅嘅同學上

錯誤地
與十年前的女孩
通信

她說她有去圖書館？
沒可能，一放午飯時，
我已經是第一個在圖書館呆等，
更遑論我幾乎每一個人都有「盤問」。

第三章

第三章

　　看來轉堂時，這個座位的主人，看到櫃桶有封信和朱古力，誤以為散彈的情信是給他，就把信和朱古力帶走了。

　　哪個笨蛋啊？

　　不過無論如何，現在把還是把信和朱古力取回來最重要，不然散彈鐵定會殺死我，差在行宮刑還是車裂……

　　我隨手拿一張紙，迅速寫下一張便條留在櫃桶，希望他會回來。

同學，

信是給錯人了，大概是有人惡作劇。對不起，先向妳賠罪。能不能一會午膳時交還給我呢？我現在要去上堂，一會在圖書館等妳，希望妳看到此信。謝謝。

　　　　　　　　　　　　　　　　　　　　　　林一俞同學

　　我隨手將信放在櫃桶便趕去上下一堂課。到了午膳，我便擺脫散彈他們一個人來到圖書館呆坐。

我平時比較少來圖書館，只因午飯時間一到，就要 2000 米長征大奔跑，跟其他人鬥快去買午飯。我們的學校遠離市區，區內只有一間餐廳，晚一點就要吃塵。我一邊等時，一邊想那個女生是誰？到底會是一個怎麼的人？

會不會是一個絕世美女？啊……應該不會，學校要選校花的話，應該也就是寶兒。

如果真的有絕世美女，我應該不會不知道。這不算是㝢，我只是用欣賞藝術品的心態去觀看，那是藝術家的目光。

是藝術，可望而不可即，這與㝢的『狗衝』不同。對對對，不同的。

忽然之間，「喀拉」一聲，圖書館的門被人推開！我馬上轉頭，定睛瞥向門後的人，到底是誰？

登登登登，原來是當值的圖書館管理員。

沒關係，我繼續等。繼續等、繼續等、繼續等。

這一等，就等了我一整個午膳時間！她沒有出現過！

不是說圖書館沒有人來，而是那一個女生沒有來。

幾乎每一個進來的人我也有「盤問一番」，連男生都不放過，沒有人是『她』。

難道她看不見我的字條？或者有事？趁着午膳完，離上課還有一小段時間，我回到那個班房，看一下有沒有線索。

由於午膳鐘已響，大部分學生已經回到班房等待上堂，看到我一個既非老師，又不同班又不同級的學生，自然會覺得奇怪，紛紛感到詭異着我。

我避開眾人的目光，一個人走到最後的位置，這個位置仍然沒有人坐。

差不多要上堂，還未回來嗎？我問一下坐前面的肥仔：「同學，你知唔知呢個位係邊個坐？」誰知，他給我一個令人心寒的答案：「下……呢個位無人坐㗎喎。」

「你指今日無人坐定一直都無人坐？」我問。

「我哋今日第一日開學，有咩分別？」他蹙眉道。

對，我問了一道蠢問題。

我再問：「咁你知唔知道，有無人經過，拎櫃桶入面嘅嘢。」

「無留意啊。」

奇怪，難道是別班的人上堂時拿走？但一般不會當別人櫃桶的物品是自己的吧？我屈身一看，竟然發現有一封信在裏面。

親愛的散彈同學：

喔，我明白晒啦。呵呵呵～咁我算唔算拎住咗你表白嘅信？

哼哼，你連表白信都可以漏低，實在太唔小心啦，不過本小姐係好好人，決定好心畀返你啦，誰不知你話約喺圖書館等，我成個晏書都喺圖書館坐定定等嚟你拎返封信，喂喂，點解唔見你嘅？約咗人又放飛機係好無禮貌㗎！你到底要唔要㗎？

為咗懲罰你放飛機，我已經將你嘅朱古力食咗，當小懲大誡。（幾好食）

定係你怕醜唔敢見我，所以唔敢直接嚟問我拎返封信？放心啦，我唔會笑你㗎，仲幾欣賞你夠大膽表白。

定還是你見到我太可愛唔敢同我講嘢？

不過估你都係唔會直接搵我啦，封信連埋呢張字條放櫃桶等你嚟拎返啦，好啦無？

你就想！

邊有咁易拎返！要我等咗一個午飯時間，我一定要睇下你真人係咩樣，今日放學四點喺多功能活動室見啦，我就畀返封信你。

你可愛嘅同學上

我把這封信拿回自己的班房端詳細閱，愈看愈多疑問。

她說她有去圖書館？沒可能，一放午飯時，我已經是第一個在圖書館呆等，更遑論我幾乎每一個人都有「盤問」。

嗯⋯⋯莫非我看漏眼？

我搖搖頭，撇除這個想法。因為她說有等我，等應該不是一兩分鐘的事吧，我怎樣看漏眼也不會如此。

那麼，只剩下一個可能。

她在說謊。

為什麼要說謊假裝有去圖書館？我又開始回想，這個到底是不是一場惡作劇，我從頭到尾都在被人在暗中戲弄，是散彈設的局，想我為丟失他的信而感到內疚？

弄得我好像《暗戰 2》裏，一直被鄭伊健玩弄在掌心之中的劉青雲一樣。

到底是誰在惡作劇？

這個女孩⋯⋯看得出她是活潑貪玩那一類。

我重新仔細閱讀這封信，想從中看出任何頭緒。

呃？

再看一遍，忽然背後一涼⋯⋯

「多功能活動室」是什麼東西啊？

我在這裏唸了五年，從沒聽過有什麼多功能活動室！

「喂！睇咩咁入神？」

冷不防有人從背後忽然一問，把我驚得心臟都停跳。

轉頭一看，原來是李蘋怡。

「嚇死人咩。」

「你睇咩啊⋯⋯？嘩，你寫信啊？」她指着我手中的信，笑道。

「我唔可以寫信㗎咩？」

「好老土啊，哈哈⋯⋯」我死魚眼瞪着她數秒，直至她笑完為止。

「唔係，我估唔到你咁有雅興啫⋯⋯寫畀寶兒㗎？」

聽到「寶兒」兩個字，我的內心一凜。

單單聽到自己暗戀對象的名字都會心跳加速，我是否有問題？

「唔係啊。」

「唔係？咁係佢寫畀你？」

「我都想……」

對了，李蘋怡在這間學校什麼崗位都擔任，風紀、CYC 主席、團職，認識的老師和同學多不勝數，人脈廣博，見多識廣，或許她有可能知道……

「李蘋怡，妳知唔知我哋學校有多功能活動室？」

「咦，你點知㗎？」

「我點知？即係真係有啊？妳可唔可以帶我去？」

「傻咗咩你，點帶你返過去？」

「返過去？」

「多功能活動室拆咗好耐啦，一部分變咗而家士多房，我哋未入學前已經無咗……」她疑惑地問：「你到底係點知呢間房？我都係嗰日同校工源叔去士多房拎嘢佢無意中提起，因為低年班爛咗枱，我哋去士多房拎返啲舊枱去補位。」

「拆咗？但……我有個同學叫我去嗰度等佢……等等，你講嘅低年級，係咪我哋上歷史堂嗰度？」

「係啊。咪就係歷史堂個班房，換咗好多舊枱，遲啲買到新枱應該會換。喂，你個咩同學㗎㗎？」李蘋怡輕輕一笑說：「個活動室拆咗至

少有五年……不過，你個同學咁怪嘅，佢又會叫你去一個拆咗嘅地方
等？」

「同學，我想問下，而家究竟係二零幾多年？」

寫畢後，我思索數秒，到底放不放好？

如果印證到是真？我怕我會發瘋。

第四章

第四章

第二天的歷史堂，我一邊將昨天寫好的信放入櫃桶裏，另一邊迷惘地思考李蘋怡昨天説的事。

放信入櫃桶後，我還是滿頭問號。

本身我不想再理會此事，只是昨天放學時被散彈吱吱喳喳唸了一頓，極度煩惱，我想如果不把信拿回來，大概一個月我也要承受他的唸經。

這是惡作劇嗎？如果真的是有人在背後偷玩，為什麼要説一個沒有人相信的謊言？叫我去一個已經拆了五年的地方，太不理智了吧？

到底持什麼的居心？可是從信中的字句來看，我直覺她不像説謊。我曾經有一刻想過，不如就這樣算，不再尋回那封信，反正散彈已經接受信不見的事實。

有一種感覺，自己正在捲入一件複雜的事情裏面，愈陷愈深。

正當我在思考這些時，輕輕的「啪」一聲讓我回醒過來。

呃？

聲音好像是從櫃桶傳來。

可是我並沒有動櫃桶裏的東西啊⋯⋯

我探頭一望，看究竟發生什麼事。

眼前的景象是我完全不可想象，本來以為什麼冷縮熱漲導致櫃桶發出聲響，當我看到的一刻，我整個人愣住了，身體僵硬的，全身的毛孔都急速擴張，寒意就如一隻毛茸茸的蜘蛛攝攝地竄過我的背部。

如果有一塊鏡子，我想我的臉孔現在應該是嚇得蒼白無色。

我的櫃桶不知何時⋯⋯多了一封信。

這⋯⋯

我調整好呼吸，花了五分鐘才接受這個事實。

我抬頭環視，沒有人發現異樣，每個人都很專心在聽書，至少他們的櫃桶沒有一封不知如何出現的信吧？

我挺確定沒有人在我的身旁走過，也沒法放信在我的櫃桶而不讓我知道。

那麼⋯⋯就是說它是從櫃桶而來？

我不禁打了一個冷顫⋯⋯

我凝視那封信良久，深呼吸一下後拿起，封面還是那秀麗的字體，即是說是那位同學。

　　這事實在奇怪到極點。

給散彈／林一俞同學：

我搞唔清，咁你到底係林一俞定散彈？點解又唔認散彈呢個名係你。

我嗰日真係有去圖書館啊，你可以問下圖書館管理員陳伯，他都睇到我坐到午膳完先走。

你勁衰囉，講咩多功能活動室已經拆咗，嚇到我即刻走去問身邊嘅人，做咩多功能活動室拆咗我都唔知？搞到我俾佢哋笑咗成日！

你諗住點賠罪呢？

P.S. 到底你要唔要返封情信，琴日等咗你好耐，結果又放飛機唔嚟。

再唔嚟我就燒咗佢。

可愛嘅同學

圖書館的陳伯早在上年年尾就退休，學校因他服務三十載的勞苦，還特意頒了感謝狀給他，現在管理圖書館的，是一個 50 來歲、有點像肥姐的中年大嬸。

　　我深深地倒抽一口涼氣。

　　如果信中的那個人沒有說謊，而我也不認為她在欺騙我，她所說都是真的話……

　　再加上剛才那個奇怪的現象，這封信是超越常理，憑空出現在我的櫃桶……

　　看來只有這個能解釋一切。

　　這個在跟我通信的人……不是現代人，準確點來說，她不是跟我活在同一個時代，最起碼她的年代比我早許多年以上。而這個櫃桶，能夠跨越兩個時代，放進去的物體會消失不見，傳送到另一個時代，就如多啦 A 夢的時光機一樣。

　　世上哪會有這種荒謬的事？

　　但如果這是真的……

　　我把她的信翻轉，在空白的位置寫下：「同學，我想問下，而家究竟係二零幾多年？」寫畢後，我思索數秒，到底放不放好？如果印證到是真？我怕我會發瘋。

　　可是，甘心就這樣不尋找真相嗎？這不是我的風格……

管他瘋不瘋，我把信直接投進櫃桶，像扔垃圾般。閉起雙眼，數到大概三分鐘後，再次聽到輕輕「啪」一聲的物體墜落聲。

我探頭一看，果然又出現了另一封信！

點解你嘅問題咁古怪嘅，係咪呢排壓力太大？

今年自然係二零零二年啊！

P.S. 喂，到底你幾時放返封信喺我嘅櫃桶？點解我完全唔發現嘅？你係點做到？

看到「二零零二年」四隻字一刻，我感到我的心臟停頓數秒後直奔每秒二百多，幾乎痛得難以負荷，全身的血液都好像凝固不動，肺部有點難忍，胃液想衝出喉嚨。整世界仿彿只剩下這張紙是我的聚焦點。

總有一些事，你是難以相信，就好像無端端告訴你，你的母親已死，你絕不相信，腦海會不斷尋找合理的解釋……直到你親眼看見。

我和她，兩個跨越十年的人不知什麼原因，竟然連絡上了。

應該是因為這張桌子，而這桌子大概是⋯⋯傳說那張會把一切吞噬的桌子。

其實不是吞噬了，而是把東西帶到過去和穿梭未來。

現在發生的事已經不能用我的頭腦常識去理解，但它確確實實地出現在我的面前，難以否認。

我該不該告訴她？

還是她一早知道？

難不成她其實是個巫女，擁有法力連接未來？她是故意尋上我？

糟透了⋯⋯我想我真的被嚇壞，開始胡思亂想起來。

不過，這本來就是一件最奇怪的事。

如果我告訴她，會不會把她嚇壞？

但更大可能是她會把我當傻瓜或是神經病，從此不再理我。

我回頭一想，她把我當神經病又如何，反正我們又不認識。

「我係未來人，妳信唔信？」

寫畢後，我馬上把信紙摺皺扔掉。

發神經，這樣寫誰不會把你當成精神病。

可愛嘅同學：

我知道妳或者好難相信，我自己到而家都難以致信，但我所講嘅每句說話都係真，希望妳嚓緊做足心理準備，唔好當我黐線。

因為如果妳講嘅嘢係真又無呃我，咁樣真係得一個結論。

我諗，我同妳唔係生活喺同一個時代。

妳話妳嗰邊係二零零二年，但係呢度嘅時鐘就話畀我聽而家係二零一二年。

難以置信啩？我哋相差咗十年嘅時間。

我都好難信，只係當我親眼見到妳封信會憑空出現喺我嘅櫃桶裏面，我就知道係真。

有問題嘅大概係個櫃桶，但係它同一個普通櫃桶根本無咩分別，但就能將信送返十年前，點解呢？我都解釋唔到。

我明白係實在太難讓以令人相信，妳唔相信，我都覺得係一件好正常嘅事。

不過我每句都合乎事實，並是事實之全部。

林一俞同學上

到底她會不會相信呢？

我整堂課都忐忑不安，想着她會不會回信。

一分鐘⋯⋯兩分鐘⋯⋯三分鐘⋯⋯

直到下堂的鐘聲響起，收拾書本時，我才發現不知何時櫃桶多了一封信。

林散彈同學：

你所講嘅每句說話都實在太富有想像力，如果拎去小說比賽，應該有唔錯嘅成績，大個做一個編劇或者作家都應該都唔成問題，加油啊，我支持你㗎！！

我係話，櫃桶會時空穿梭，同一個未來人通信，幾咁難叫人相信。

作故仔都作個好啲啦哼，想呃本小姐？

即係咁，如果我無親眼睇到你封信好像電影特技咁無啦啦變出嚟嘅話，我大概會講以上嘅說話。

當我啱啱想喺櫃桶拎本英文書出嚟嗰時，就咁啱睇到咁駭人嘅一刻！！！我差少少就喺個班房叫咗出嚟！

我要掩着自己個口先無叫，我呆咗足足幾分鐘，終於拎起封信嚟睇，睇完之後，我覺得真係太好玩啦！！！！

我係話，兩個唔同時代嘅人可以透過寫信溝通喎！真係好似拍戲咁！突然覺得自己超級好彩，遇到啲咁得意嘅嘢，呵呵。

二零一二年嘅香港到底係點？係咪已經發明咗隨意門？啲車識喺天到飛未？教歷史嗰個洪老師又走咗未？

P.S. 啲車識喺天度飛嗰個我講笑咋，唔好當我咁無常識先！不過「隨意門發明咗未」呢個要答我！

你可愛嘅同學

「你睇緊咩？」寶兒好奇地問。

我輕輕的遮高書的封面讓她能看見書名。

「喔？韓戰？係咪美國向越南打嘅個場？」

「呢個個叫越戰。」

「哈，對唔住，我唔太熟悉，你可唔可以講下畀我聽？」

「嗯？」

「？」

第五章

　　散彈不明白我為什麼要去低年級班房，搬一張殘破不堪的桌子回來。

　　「我識咗你咁耐，都唔知原來你有鋪懷舊癮。做咩要偷人哋張枱啫？」他問。

　　「咩偷？我換㗎，反正張枱都無人用嘅，何況我嗰張新啲。」我一邊搬一邊說。

　　他這個可惡的傢伙只懂邊舔着「孖條」，在一旁冷眼旁觀。

　　「咁偉大啊？又唔見你換其他班嘅，張枱肯定有啲咩秘密啦，講嚟聽下啦。」

　　「你幫我睇好水先啦。」我緊張道，萬一給校工發現我們換枱就麻煩。

　　「無人啊，講咗先啦。」

　　「你信唔信時空轉移先？」

　　「咩嚟？」他皺皺眉道。

　　「即係一個時空嘅人同另一個時空嘅人相遇。」

錯誤地
與十年前的女孩
通信

44

「……」他眼珠向上，認真思考一會，便說：「都係唔明。」

「即係我哋而家 2012 年，但遇到一個 2002 年嘅人。」

「唔信。」他斬釘截鐵道。

「咁我哋無嘢好講。」

換好衫後，已經近五點多了。散彈露出一臉疲倦的樣，問：「唉，劫死！一陣去食嘢？牛腩河？」

「劫你個頭咩，你頭先都無幫手搬過。」我不屑地道。

「喂喂喂，我唔准你咁講嘢㗎，『睇水』要用腦、用精神，用腦都係會劫。」

「講到好似你有腦咁……」

他狠狠打我一拳，問：「食唔食嘢啊？」

「唔啦，今日要去補習。」

「走堂啦。」

「睬你都傻。」

說罷我拋下他在課室，一個人先去補習社。

在香港讀書的學生都曉得一個事實，學校的課堂不算課堂，真正上課是在下課後的補習社。要上一整日的堂，其實已經嚴重吃不消，所以晚上的補習往往由入課室的一刻睡到落堂。

只是每個星期二的英文補習班，是最讓人期待。

「哈囉。」寶兒雙手抱住一堆英文筆記，莞爾一笑，在我身旁的位置坐下了。

「好劫啊可？」我問道。

「係啊。」她深深嘆一口長氣，笑着説：「呵呵，不過今日陳 Sir 放早咗我哋，所以我返咗屋企瞓咗陣。」

「咁好……我無得早放。」

「好慘啊你。」

「係囉，要請我食嘢啦。」

「點解啊？」

「因為我咁慘，妳唔係唔請嘛？」我感覺自己有點無賴。

「你想食咩啊？」

「呢個。」我把一個繽紛樂放在她的枱前。

她掩口失笑，纖指間能看到她的牙齒白潔無暇。

她慢條斯理地拆開包裝紙，問：「點解每次上堂你都有繽紛樂嘅？」

「因為妳好好彩，我咁啱有。」

「吓？係咁啱㗎？」

「好出奇咩？」我失笑。

「無啊，我只係喺度諗，你有無咁鍾意食朱古力，鍾意到次次都有。」

「我唔鍾意㗎，只不過……妳鍾意食嘛。」我半開玩笑地説。

她微微羞窘避開我的視線，低頭説：「關咩事……」

「關啊。妳今日唔同咗喎。」

「唔同咗？」

「頭髮直咗。」

「咁你都睇得出？」她詫異地問：「我以為無人見到。」

「點會啊，咁明顯，你電直咗好睇。」

她給我一個如蜜桃初熟的甜笑，説：「多謝。」

第五章

有人曾説過，當你喜歡上一個人時，大多是從喜歡她一個表情開始。

我喜歡寶兒的笑容。

寶兒是在上年中四時轉學過來，插班生多數都會掀起一陣熱話，因為大家都會好奇和新鮮。

特別那個人還要有「閒靜時如姣花照水」之態，細緻姣好得精靈的五官、杏面桃腮、雪白的肌膚和烏黑亮麗的長髮自然更受人注目。

「妳邊度嚟㗎？」

「妳點解轉校嘅？」

「有無人話過妳好似明星？」

「妳啲頭髮保養得好好啊，用邊隻洗頭水㗎？」

「適唔適應到新生活啊？」

記得她轉到來的最初一個星期，這幾條問題重複程度不下許志安的「尖尖尖尖尖」我聽得快厭死。

她還是微笑的一一回答。

初開學，她坐在我的鄰座，也許每個人都羨慕有美女相伴，可是我卻毫無興趣。

「性格好」和「靚女」對我而言，是兩個互相排斥的字詞，好像水和油不能融為一體，這種在邏輯上就有如有 P 又有 ~P 同時存在一樣矛盾。靚女一定被身邊的人寵得像公主一樣。

基於這一點已經夠我不喜歡她。幼稚吧？當年的我確實如此想，畢竟只有十多歲的年青人，是不知天高地厚。

「哈囉，同桌。」寶兒總愛朝氣十足地向我打招呼。

「哼，懶正面咁。」我暗付。

雖然我對她總是受理不理，但她的態度還是友善得很。

只能說，我是掉眼鏡。她的性格好得很，除了樂意幫助別人、親切的笑容、不怕吃虧外，你還能感受到她的好不會太圓滑，而是真摯又會讓人感到舒服。

即使如此，仍然吸引不了我，最多我收回第一句說話。

直到一次。

上堂看其他不相關書籍是我的興趣，搞突出嘛，那是一本講韓戰的書，我那陣子極度熱愛，不斷向身邊的人提及，煩到他們已經完全無視我的存在。我好像一個啞巴一樣，苦無對象可訴。

「你睇緊咩？」寶兒好奇地問。

我輕輕的遞高書的封面讓她能看見書名。

「喔？韓戰？係咪美國同越南打嗰場？」

「嗰個叫越戰。」

「哈，對唔住，我唔太熟悉，你可唔可以講下畀我聽？」

「唔？」

「？」

「……妳想知？」

「嗯嗯。」她轉身過來、正襟危坐地對着我，一臉「我準備好了」的樣子。

「韓戰係一場喺朝鮮半島發生嘅戰爭，當時係一九五零年……」

我沒想過我一口氣居然說了三堂，直到午膳打鐘聲響起了。

「呵呵，好有趣你講得。」

「你講咩話？有趣？」

「係啊，好詳細同生動，同埋你未試過同我講咁多嘢，之前仲以為你唔鍾意我喺，幾開心。」她微微笑道。

那一刻，她的笑容，讓我從此無法自拔。

同學：

首先要澄清一件事先，我唔係散彈，散彈係我一個朋友，封表白信都係佢。

今次係他第七十九次表白。至於封信，我已經收到啦，唔該晒妳。

二零一二年嘅香港，無識周圍飛嘅車，無好方便嘅隨意門，反而手機進步得好快。

Icq 同 MSN 都已經沒落咗，大家已經變成用手機嘅程式去溝通同聯絡，手機變成一樣好重要嘅嘢。

教歷史嘅洪 Sir 都喺前兩年走咗啦，聽聞係身體負荷唔到咁重工作量，去咗第二間學校，生咗一個BB。

咁二零零二年嘅學校又係點樣㗎？

P.S. 我今年中五，妳又叫咩名呢？

林一俞上

林同學

嘆，七十九次！！！！要有幾多勇氣先做到？你位朋友太勁啦噃。

咁你有無鍾意嘅人？純粹好奇。

喂喂，玩嘢咩，我都唔知二零一二年嘅學校係點，咁我點知而家嘅學校係你眼中係有咩特別㗎。

不過有一樣嘢唔知你知唔知，六樓咪有一道門，密碼鎖門係去天台嘅，但其實個密碼鎖門只係一個幌子，你直接開佢就可以直往通天台，而且幾乎無校工會上去㗎。

個天台好大，抖下好舒服㗎，對個天食飯或者抖下涼都係唔錯嘅選擇，你試下就知我無介紹錯㗎啦。

我今年中四，至於個名呢……我先唔同你講！你絕對會係歷代學生相簿裏面搵我出嚟，太不公平啦！所以，呵，我係唔 會 同 你 講。

P.S. 我接受唔到洪 Sir 會走嘅事實，佢係全校最好嘅男人嚟㗎，嗚呀……

夏語上

夏語當然不是她的真名，我之後才曉得她真正的名字。這個女孩……蠻聰明的，可以看出我的企圖。即使撇開她是個不同年代的人這一點不論，和她聊天本身是一件趣事，因為從文字來看，她這個人很有趣。

我有跟她說過未來的事，例如未來變了考試制度，變成一試定生死。

但她卻阻止說：『你唔好畀我知咁多未來嘅嘢啦，人生就唔好玩啦！！！我淨係知道未來發明咗隨便門或是識飛嘅車未就夠。』

我們發現了，只要把一條紙或字條放在櫃桶，大概三分鐘左右就會不見了。

即是字條已經轉送到另一個時代，但是，不是字條或信件的物件卻怎樣都不會消失。

除非，紙跟其他物品有接觸，否則不會被傳送去另一時代。這個曾經讓我極度頭痛。

試過有一次，我不小心把寫好的字條跟功課放在一起，結果整堆功課被送去十年前。

我本以為五分鐘後，她會把我的功課寄回來，豈・料・沒・有！追問她也沒有回應。

我那天的功課全部欠交，罰留堂一小時。

放學那一刻，才有字條出現在櫃桶。

『噢，唔記得畀返啲功課你㗎，哈哈哈，抱歉啊。』故意的，她絕對故意的。

『咁我啲功課呢？』

過了五分鐘後，呼嘭，一陣書本墜落聲。我的功課終於回來了。

『你使唔使留堂？』

『要啊，一個鐘。』

『喔～很好，實驗完成。』

『咩實驗？』

『好啦，我承認我係講大話。其實我係想測試下十年後……欠多過五樣功課係咪仍然要留堂一個鐘……哈哈哈哈』

『妳直接問我咪得囉！』

『親自驗證，同人哋講畀你哋，嗰份滿足感係唔同。我第日一定係好成功嘅科學家。』

之後，老師追問我，為什麼交上去的作業滿處塗鴉。

…………

誰能幫我殺了她？

有一次更離譜，我每星期有一天會帶飯，然後又不為意字條和飯盒堆在一起，飯盒又飛了過去。

寄回來時，我打開一看，無緣無故有黑影突然朝我臉衝出來，嚇得我大叫起來！

我的媽，裏面竟然放了一隻青蛙！『隻衰青蛙食咗你個飯啊！好曳曳豬啊！我唯有送佢嚟畀你，任你處罰佢！！但你要送返佢返嚟㗎啵～』旁邊還畫了一個淘氣的女孩舔着嘴。

我……我開始後悔認識了這個人。

雖然跟她的相處是蠻有意思……但我偶然也在想，事出必有因，我們的相遇，不可能是沒有意思。

那到底是什麼？

上學的時候，總不覺得時間好過，上堂等落堂，因為沉悶得很。

自從沒有人坐我的旁邊後，更顯苦悶。

現在多了一個十年前貪玩的女孩出現，增添不少趣味。

老實説，你問我跟過去的人聊天的感覺是怎樣，我只能回答，有一點神秘、一點興奮、一點緊張和一點恐懼。

至於她，我想她只有覺得好玩的份便可。而和她聊天需要極度小心，總要不引起別人的注意下進行。

我事先在家把 A4 紙都分好了一大埋字條，專供上堂時用。

『點解要改自己一個咁嘅名？』我問。

『咁你覺得夏語係咩意思？』 她反問。

『夏語夏語，應該是夏天的細語？』我説。

她卻畫了一張冬天的圖畫給我，寒天雪地。

我發現雖然她性格像男生，但還是有女生的特點，寫字漂亮，喜歡用不同顏色的筆寫得色彩繽紛。

乾乾脆脆？爽爽快快？狂放不羈？來得快去得快？事實上蠻像她的性格。

而有趣的是，當我問她的興趣時，她竟然答我：『睇超人啊。』

『我有無問錯？我問興趣喎？』

『女仔唔可以睇超人㗎咩？超人勁型喎！近期就迪加、佳亞唔錯，不過我都係鍾意以前嘅太郎啊、七號同埋 Ace。』

『妳其實係咪好毒？』我開始想像她是一個超級宅女。

『咩係毒？』

『即係宅囉。』

『宅又係咩意思？屋企？』

我開始想起有些語言在她的年代還未流行，所以她不明白是正常，便解釋起什麼是毒。

『邊個話睇超人就毒㗎！喂喂，我都有玩籃球排球同足球㗎！只係佢哋好型，我先鍾意。』

『佢哋咁好打，實型㗎。』

『你唔覺得，超人佢最型嘅，唔係啲乜嘢，而係佢永遠畀怪獸打到扒喺地都好，佢都無放棄過，嗰下，真係型爆！』

『係啦，妳真係好男仔性格。』

『點解個個都咁講嘅？』

因為妳實在是，還有其他原因嗎？

『不如你講妳叫咩名啦。』

『你咪好想知我咩樣嘅？』一個奸笑的小女孩在旁邊。

『雖然我唔想承認，不過的確係，妳係咪想畀相我睇？』

『你就想！不過啲人通常話我似唐寧，你識唔識？』

『梗係識啦！』開學的日子不經不覺兩個月多，人的習慣力真的厲害，之前覺得奇怪的事，到現在已經接受到，認為這件事很平常。

這件事我還是沒有告訴任何人，畢竟我不想被人送去研究，而且我也不知道別人知道了這個櫃桶的存在會怎樣，科學研究？還是拆了桌子？那我豈不是沒法跟夏語聊天？

這個風險我不太想去冒。可能因為她是個有趣的朋友。

說起朋友，對了，散彈的第七十九次表白也正式告吹。

我和散彈在午膳，有試過偷偷地上去夏語所講的天台，果然無人，那個天台頗空曠，除了門口旁放着一箱箱的雜物，堆得亂七八糟，看起來有一段歷史，大概已很久沒有人理會。

不過除此之外，就是一塊空地。

涼風吹起，我們兩個躺在天台，藍天底下眺望遠景，確是一個享受，怪不得夏語會推薦。

我忽然想起，就問道：「你上次表白點樣？」

「拒絕啊。」散彈漫不經心地說。

「其實我好佩服你。」我搭搭他肩膀，真摯地說。

四年的追求，七十九次的拒絕仍不放手，我想在此世間是罕有的。

「咁你今次諗住點？」我相信他不會放棄的，四年來皆是如此，一次失敗一次又起。

他今次打算效法一招常用招數，製作一本回憶錄的冊子，上面寫着他們怎樣認識，經歷的事情和滿滿相片。

「好似幾好。」但結果不看好。

「係呢！我都覺今次有機會㗎。」受着散彈的表白無數次仍堅持的激勵，我也開始有跟寶兒表白的想法。

如果可以……第二天上中文堂時，我又跟夏語聊起來。

『藍眼睛？』旁邊還附上一對用藍色原子筆畫的大眼睛。

『黐線，你當佢係外國人？』

『咩喎，咁又係你話佢隻眼好靚！』

『咁靚唔等於藍眼睛㗎嘛！』

『咁到底佢係咩樣㗎？』

我低頭回想一下寶兒的臉孔，再寫上：『好似新垣結衣。』

『？？？邊個嚟㗎？』也對，十年前，新垣結衣應該未有太多香港人認識。

『水汪汪嘅大眼睛，櫻桃小嘴，雪一樣嘅肌膚。』

我將我腦海中覺得好的形容詞都説出來。

『乜咁公式咁嘅？』

『總之係唔錯，心地好好嘅女仔。』

『喔～～呵呵，我已經幻想到你流晒口水嘅猥瑣樣。喂，話時話，你哋文化節搞咩？』

她那幾條「～」不知為何讓我聯想起這一句，她是嘴角微微翹起地説。

我們學校有一個文化節，是有一點類似日本文化祭的東西，又不完全相同。各班事先準備自己主題，將自己的班房或操場的攤位任意佈置，可整成攤位遊戲、才藝表演場地甚至餐廳。

當日學校會開放給外人參觀，參觀者可以買票去參與各班的活動。

『遊戲加小食。』

『即係點？』

『一半係玩遊戲贏獎品，啲獎品一少部分係特色小禮品，大多搵贊助。一半就煮嘢食，賣下啲章魚燒啊嗰啲。』

『好似唔錯喎。仲可以打正旗號約你個……寶兒出街，借搵精品禮品、買食材為名，二人約會為實！哈哈哈，好高招。』

『妳唔講我都諗唔到㗎。』

『多謝我啦。』

『妳突然間咁幫我，都係唔會改變任何妳勁衰嘅睇法。』

『FUCK YOU』

『咁妳哋做咩？』

『我哋做話劇，喂不如我哋賭啊。』

『嗯？賭咩。』

『賭邊個會贏到文化獎，輸咗要實現對方一個願望，好無？好似好好玩！』

話説回來，這個文化節有兩個獎項，一個是班級佈置大獎，可是這個傳統以來都不受人重視。

大家的目光永遠注視在另一個大獎——最受歡迎文化獎，由最多票的攤位為之勝出。

誇張點講，取得文化獎如得天下，除了因為豐富現金獎外，大家都會對勝出的班多一份尊重，最為團結的一班。

由於班主任老黃今年最後一年教書，我們班早有決定，今年必須要勝出這個獎以慰他老人家，作送別禮物。

而我們也打聽得到，我們的死敵，5A班，會在文化節裏搞女僕咖啡室。

自從日本的女僕文化傳到香港後，在文化節裏女僕咖啡室似乎成為一個熱門題材，歷久不衰。

除了能滿足男士的視覺享受外，也能滿足女士的裝扮慾。

不過並非每一次女僕咖啡也會成功，有時會搞得很……我也不知道怎樣說得比較好，你明白的，人物，即是女僕在咖啡室的地位是極為重要。有時，不是什麼人也符合這形象，而且服飾也很重要……你懂的。

可是，今次A班搞女僕，我們如臨大敵，只因A班真的有能力……

『咁如果一齊贏呢？』我問她。

『咁咪大家各有一個願望囉。』其實我大可以查十年前是哪一班贏了文化獎，不過這樣沒什麼意義。

更何況，我根本不清楚她是哪一班。

『一言為定！』

假公濟私的我，也很快如夏語所說打着「一齊去買精品」的正義旗幟，光明正大約寶兒逛街，借買文化節的禮物為名，兩人世界為實，而寶兒亦爽快的答應了。

呃，其實我為人很正直的，請相信我，信我好嗎？

實情我們二人也不知道哪裏有精品賣，唯有先約在旺角等。

由於大家都不是MK仔女的關係，對旺角的認識來來去去都是旺中、潮特、先達這些，所以逛了一小時也毫無收穫。

「旺角好像無喎。不如去尖沙咀啊？」我提議。

「好啊。」她答應倒是爽快。

我又提議我們行路去尖沙咀，見面的時間多一點嘛。

在路途中，我說：「對唔住啊，又係我話嚟旺角，結果又要行去尖沙咀。」

「唔緊要啊我覺得。」她揮揮手説，又續説：「行去尖沙咀都幾浪漫啊。」

浪漫？

為什麼她會用浪漫這個詞？

很難讓人不想歪……我的心跳頓時間急升起來。

「妳轉咗過嚟咁耐，覺得我哋學校好啲定以前？」

「好難相比㗎啵……不過你哋好好人。」

「妳……覺得學校有咩人好好？」她抿嘴皺眉想了一想，説：「好多都好好啊，蘋怡啊、散彈、小雅、阿婷、阿強嗰啲都好好。」

她露齒一笑，輕拍我的肩膀説：「當然你都係啦。」她的笑容如陽光一樣燦爛，我分不清是她的話還是笑容如此窩心動人。

「啊，仲有李俊朗。」她忽然想起説。

這個名字永遠讓我的心漏跳一拍。

你喜歡一個人，自然有一種莫名其妙的能力感應到身旁有誰對她有好感啦。

「喔……你哋好似好熟咁。」

「OK 啦，佢成日都會講啲奇怪嘢畀我聽。」

「奇怪嘢？」

「係啊，就好似上次話嗰張神秘嘅枱。」我窒息半秒。

對啊，我們的桌子不就正是營地上次所說的傳說嗎？

「寶兒，妳知唔知道多啲有關嗰張枱嘅嘢？」

「點解你好似好緊張咁嘅？好重要㗎？對唔住啊，我知嘅都講哂。」

「喔……」

「啊！」她大叫，然後說：「其實蘋怡講實驗室會無啦啦發聲嗰單嘢我都有聽過……」

我由希望變成失望，我還以為是什麼有用的資訊。

說時遲，我們已經到了尖沙咀。幸好戰果還不錯，逛了幾間尖沙咀的精品店，也買了不少裝飾和禮物回來，算是有收穫。

而且我還趁寶兒去洗手間時，偷偷地買了她剛才在精品店專注一段時間的手鍊，就在表白那天一併送吧。

.

　　　　　　　　　　　　第五章

我們買完之後，差不多七時多，我們便去了一間吃烏冬的專間店吃晚餐，不得不説，那間店頗好食，特別是它的蕃茄烏冬，簡直一流。

晚飯過後，我們沿着尖沙咀海旁散步，維港閃閃五光十色的燈光和海水的拍打聲下，這才是浪漫嘛。

整個過程我都極有衝動想拖着她的手，簡直就像痴漢。

「你仲乜係咁望住我隻手。」她微笑問，似乎留意到我的眼神。

「啊……無啊，妳隻手好靚之嘛。」

她笑了一笑説：「返去囉？」

「送妳返去啊？」

「好啊，唔該……行路返去？」

「仲好。」

寶兒的家在紅磡，走路回去也不太遠。在暗黃的街燈照映下，街顯得很清涼。

寶兒忽然問：「你覺得……見唔到嘅戀人，有無可能？」

「唔……我覺得好難好難。」

「點解……？」

「因為人好短淺，一啲眼前見唔到嘅嘢，就好難去愛。又或者，好易淡好易忘記。因為人好需要有人喺身邊，睇得見，陪得住，人好怕寂寞。」

「嗯……」

「妳……有 LONG D 咩？」我不安地問。

「唔係啊，李俊朗同我講，佢家姐以前曾經有一段遠距離感情，可惜最後無好結果，所以令我諗下。」

「咁可惜？」她點點頭。送完寶兒回家後，我的心情大好，因為今天的「約會」當算蠻順利。

萬萬想不到，此時的我們，已經正逐漸步向一件可怕的事情裏面。

星期一上學，忽然「啪」的一聲，一堆書本猛然拍在枱面的巨響，讓我從睡夢中醒過來。

教中文的史 Sir 一臉怒氣，臉色黑過包青天，好像有人欠了他錢一樣。

他把書本拋在桌子後就說：「突擊測驗！唔識下堂罰企！」

我立即問前座的同學：「要……測咩？」

「點知啊，話明突擊測驗點會知。」

大件事了！

我這個學期開始就沒有留心聽過書，上堂不是睡了就是在聊天。

罰企⋯⋯我不禁冒出冷汗。

我心裏還存一絲盼望，會不會只是閱讀聆聽那些。我拿到試卷後就知道我已經玩完。

媽的，又叫人背詩詞，還是課外。

先不論我是最後一行，旁邊沒有人坐，前面又有自詡認真守法的書呆子，我就仿佛一座小小的孤城四處平原，無天險可守。在其他人都在疾筆寫時，我則頓時覺得自己已領悟佛家的真理，腦海無己無執著。

其實塵世只不過是一時，於我何用，本來無一物，何處惹塵埃。師父，明白了，剃頭吧。

刀下留人，慢着！

夏語或許能夠幫我的！

我迅速寫下一張紙條，放入櫃桶。

『妳記唔記得李煜首虞美人點背？！！救命，十萬火急，測緊驗！』

『呵，有事先嚟求本小姐！！叫聲娘娘先。』

娘娘？那時應該還未發明娘娘這個名詞，她又誤打誤撞地說出弦外之音。

所謂大丈夫膝下有黃金，男人之尊嚴，文人之風骨，武人之氣節，古也有伯夷、叔齊、陶淵明和文天祥，今妳叫我跪我就真的跪！？

好！我就跪，讓妳意想不到。

『娘娘～』

『哈哈哈哈～ GOOD BOY. 娘娘即管幫下你啦，不過呢，你講嗰首詞我都唔識，我幫你問下人，等我！』

呼，求神拜佛，希望她真的問到回來，我可不想要罰企一堂。

「林一俞，你唔寫？」史 Sir 左窺右看，被他望到我完全停手。

「啊……寫㗎啦。」我一臉冷汗，一邊祈求夏語早點回來。

我渴望跳一隻求語舞，求夏語快點來。

她趕不趕得上？希望可以啦，慢着！她不會趁機又想捉弄我吧？

但她言之鑿鑿地說她會問人，應該不會吧？

我等她。

然後……

我下堂中文課要罰企一整堂。

下了課不知多久後，她才姍姍來了字條，是一整首手抄的《虞美人》。

『唔使啦，已經罰企咗，妳唔幫可以出聲，但唔好畀假希望人。』

其他的惡作劇我不要緊，但給了期望又收回，惡劣得很。

『吓？唔係啊……我有努力去搵㗎！』

『唉，得啦。』我不想再多說，反正她的目的已達成。

之後一整日再有字條來，我都隨手把它丟了。

直到放學檢查櫃桶時，又出現了兩張字條。

我軟下心腸，拿出來細看。

『我問咗成級咁滯，都無人識，我而家扮病落去圖書館搵！你等我啊！』

『原來啱先字條原來跌咗落地下，無寄到畀你。你係咪覺得我專登咁遲？信我唔係整蠱好無？』

旁邊有個淘氣的小女孩，一臉可憐地伏在枱上道歉。

我拿着字條，站在夕陽餘暉下的班房，一個人傻笑。

『係我唔啱，講對唔住應該係我，Sorry。』

在我們翻黃頁找贊助、準備食材和遊戲時，時間不經不覺已流逝到文化節那一天。

這一天熱鬧到極，一大朝早已經有一些家長和參觀的人排在門口等待入場。

操場擺滿一個又一個的竹棚攤檔，掛滿色彩繽紛的彩旗和激昂音樂。

負責的學生則拿着一袋二袋的佈置品和物資來來回回忙着，十足像一個嘉年華一樣。當然也有些空閒的學生當消費者。

我們的攤位由於要用煮食的關係，因此就落在操場的竹棚攤檔裏。

這天大概是除了旅行外，唯一一天每個人都會準時回校的日子，因為從八時開始，各班就正式營業。

啊，對了，忘了利益申報，得到的收益扣除開支後會全數交給學校，學校再捐給慈善機構。

由於是編更制的關係，我一早已找寶兒跟我一更，負責小食檔，不過我們當更是在一點後。

「李俊朗搵我去佢嗰班睇下，一唔一齊？」寶兒問。

又是那個李俊朗。我真的不太喜歡他。

「唔啦，我喺度幫手宣傳算啦。」免得我一會過去又被他奚落。

在我心目中，如果學周柏豪所說，只有一事不成全，那就是李俊朗的 A 班勝出文化獎。

為了勝利，唯有努力一點。

本來張自強和小雅負責招客，現在加添多我一個。

「先生，小姐，埋嚟玩埋嚟食啦喂，有好新鮮嘅章魚燒，仲有好多遊戲同獎品啊。」我開始像一個街市佬對着路過的人們大叫，我不喜歡這樣，不過每年都必須要，唯有習慣。

「小姐，玩边吃可以係食下嘢喎，我哋仲有冰涼嘅飲品。」小雅也在一旁努力地推銷。

就這樣忙了一個上午，我們的攤位的成績尚算不錯，客人源源不絕算不上，畢竟只是學校，但圍觀和光顧的人不算少，在眾多攤檔而言算是好成績。

「唉，好劫啊。你劫唔劫啊小雅？使唔使飲水？」張自強關心地問。

「我呢？」我故意問。

「你飲口水啦。」

「頂你，咁大細超。」

整個中五級也知道，張自強是喜歡小雅的，當然包括散彈。

「唔使啦唔該。」小雅禮貌回應。

「咁我去個廁所先，其實急咗好耐。」話未説完，他已經急急腳地走廁所，剩下我跟小雅兩個人。

「今朝個成績都幾好啊。」我隨便找個話題聊。

「嗯，係啊，都係多得你哋。」

「你唔使當更都㗎，真係好勤力。」她又説。

「我想贏嘛。今年話咗要拎獎畀老黃。」實質，我也説得有點心虛，因為暗地裏我更想贏夏語。

「好熱心喎。」

「妳都係啫……咦，哈哈，嗰個人好似散彈。」我指着遠處一個客人説。

她沉默一會，我就知道說錯話令她誤會了。

她應該以為我在諷刺她。

「其實點解唔可以接受散彈？」這個問題問得快爛掉，只不過她每次的回應都是：「無感覺就係無感覺，呃唔到人。」

人的情感可以殘酷得很。

「我哋之前咪聽過張自強講嗰個女仔嘅傳說嘅？」她突然把話題轉變了，讓我有點措手不及，明顯她不想再講這個話題，我只好順她意思。

「係啊，做咩？」

「件事好似係真……不過有啲奇怪。」

張自強這個時候回來了，我們的對話就此中斷。中午一點多，是我和寶兒在餐廳當值時間。

「佢哋嗰班點？」先打聽一下軍情，知己知彼才能勝利嘛。

「好多人啊，我本身以為淨係會男仔去，點知都好多女仔幫襯，可能貪侍應靚仔咁。」寶兒道。

「唔係咁。」這又加重我的擔心。

「李俊朗呢？」我問。

寶兒沉思一會，説：「佢幾型啊今日。」

我之後不斷發揮阿 Q 精神，安慰自己説那是客套説話而已，並不是真心覺得⋯⋯

做小食這個崗立是最難的，稍為慢一點就會感受到客人怨恨的目光，眼神在問候你的家人和母親。

因此必須要快！

簡單的章魚小丸子，就是不斷的倒一早做好的汁，落章魚然後看準時機反轉又反轉，我因為新手的關係，一開頭不停弄破，不然就是未熟就想反轉，搞得一塌胡塗。

「哈，你慢慢嚟啦。」寶兒拍一拍我背脊，為我打氣。

「原來有練習都會緊張⋯⋯」

「放心啦，你得嘅，放鬆啲就可以。」她搭着我肩膀，堅定的望着我。

人真奇怪，特別是受你喜歡的人鼓勵後，果真信心大增，如有神助。

我之後愈做愈上手，基本上清空客人的速度還可以。寶兒則在旁忙着負責收票和包裝，我們一做一包，頗有夫妻合壁的感覺。

好吧，是我多心。這個時候，李俊朗卻來了。

他穿一身故作高貴的西餐廳侍應裝束，頭蠟得像一個黃蜂巢不知所謂，眼神淫蕩猥瑣得像一個生理需求極大的哈巴狗，腳步似一個在歌舞伎町隨處可見的醉酒痴漢……

唉，我知道我的描述太過滲入我個人的主觀意見。

客觀一點説，他穿得蠻高貴，頭蠟得蠻型，眼神頗迷人，一個標準高大帥哥，不過腳步還是像醉酒一樣。

除非他以為這樣叫 Catwalk.

「WOW，生意好似唔錯喎。」他不懷好意地走近過來説。

「應該係多得寶兒。」他又説。由始至終，他的目光都專注在寶兒身上，當其他人是透明，以呢來説，他是蠻標準。

「係大家努力啫。」寶兒説。

「係囉，繼續努力啦，寶兒，你哋好好，好欣賞你哋。」他假笑説，待寶兒走開後，他馬上轉臉，表情厭惡至極説：「賣章魚又點會贏到我哋，收皮啦你。」

「最怕，你真係輸咗都唔知。人貴在有自知之明。」我説。

「係囉，所以你應該收手啦，唔好再搞住人，成隻蚊咁，成日喺身邊嗡嚟嗡去。」

「我今日終於領悟咩叫賊喊捉賊，好鬼高明。」

「繼續串，總之獎我哋拎硬，寶兒，都係我嘅。」他神情挑釁的，右手在頸上劃過。

「你哋傾緊咩？」寶兒回來了。

「無，打下氣，叫你哋加油啫！努力啊寶寶，你哋咁勁，好可能贏㗎。」

「係就好，黃 Sir 一定好開心。」

「加油，我返去先。」

世間總有人假得很，不會嫌多。

如果用一個字去總結這兩個小時，只會是：忙。忙到連你想上廁所的時間也沒有。幸好，有寶兒陪着的時間，這兩小時在不知不覺間流走。我覺得我跟她好像合拍了許多。

好吧，又是我多心了。

「一盒章魚燒，唔該。」一個穿湖水藍色的長裙、微啡曲髮、亮麗有神的大眼睛、氣質優雅，年約二十多歲的女生走到攤檔面前。

全場數一數二的美女。

如果要我排名，寶兒還是第一名，不過加了些個人分數。

「好啊，請等等。」

她瞧一瞧章魚燒，又環顧一下其他地方，微笑道：「你哋好似幾好生意喎。」

「承蒙妳光顧啫。」

「咁多年，學校都好似無乜點變。」

「妳以前都喺呢度讀書㗎？」

「係啊，好耐都無返過嚟啦。」

「妳幾時畢業㗎？」

「你要知道，女人嘅年齡永遠都係一個不能說的秘密。」

「其實妳個樣都好後生。」

「係咩，但我都唔會同你講我邊屆畢業。」她向我貶了一下眼。

「我無咁諗啊。」

「我哋嗰時仲有個咩文化獎。」

「我哋都仲有。」我説：「我哋就係要贏個獎返嚟。」

「幾好啊，加油啦。」她微笑道。她的笑容是蠻好看的。

「妳嘅章魚燒。」她取過食物後就遊逛到其他地方。

大概四點左右，我們下更了，換其他上去替更。此時傳來一陣廣播。

凡近乎文化節的尾聲，十五分鐘前，委員會他們會收集各班的票，然後在廣播室按時公布頭三班票數最多的班別。

「喂，又係我啊。係啊，我係阿希啊。YO，等我哋嚟睇下而家收集到嘅票數啦。根據我哋手頭上嘅票，目數最多票數嘅係⋯⋯5A班啊！佢哋總共有685票！WOW好犀利啊。聽聞佢哋嘅主題係女僕咖啡室，嘩，果然好引人入勝啊⋯⋯哈哈⋯⋯『啪啦！』」

「做咩？好似跌嘢聲咁嘅？」身邊的人問。

「我估佢實又被伍老師封咪啦，成日亂講嘢。」又有人說。

「⋯⋯得啦⋯⋯咳咳，喂，YO，又係我阿希啊，係啊我係阿希。頭先有少少技術故障，唔緊要，我哋一齊跨過去。OK，Give me five，『啪』，Yeah, Thanks my right hand. 好啦，廢話唔多講，最憎廢話。咁第二位係邊個呢？等我睇一睇先，噢賣家！Incredible！簡直難以致信，第一同第二竟然差唔多，5C班有674票，努力少少或者可以追到㗎啦。」

本來一聽到 5A 班第一時，我的心早已沉到谷底，但當知道我們差的票如此少時，我的內心又燃了希望！

有可能贏的！

「埋嚟睇埋嚟食埋嚟玩啦！有好味嘅燒章魚小丸子，邊可以坐下喎！有冰涼飲品同好豐富嘅獎品同遊戲啊！埋嚟玩啦！」我開始學年宵那些人的技倆——獅吼功。

吼吼吼吼吼吼吼吼吼吼吼吼吼吼吼吼吼吼吼吼吼！

最後的十五分鐘，應該有時間扭轉大局的，我們半班人開始瘋狂的往場上每一個角落、每一個人招攬，甚至有幾個在校門喊人進場，而其餘的都在應付客人、煮小丸子、跟排隊的客人聊天，害怕他們離開。大家好像地產經紀，拼命趕最後的營業額一樣努力兜售，為了同一個目標，勝出這場比賽，拿下文化獎。

「埋嚟玩啦喂！埋嚟食啦喂！」

「埋嚟睇啦喂！埋嚟玩啦！」

一個小妹妹拉着媽媽，停下來問：「有咩玩啊？」

「嗰個有好多遊戲喎，例如拋銀仔啦，可以贏到大熊公仔啊，妹妹，你鍾唔鍾意啊？」

「鍾意啊，媽媽我想要熊仔。」小妹妹扯着她媽媽，用小朋友天真無邪的眼光訴説她在渴求。

「唔好啦，我遲啲買畀你。」

「我要我要，我就要呢個。」

她的母親嘆了一口氣説：「唉，好啦好啦，去玩啦。」

所以我説，小朋友才是最恐怖的武器，明明媽媽不願意也得迫着去。

「小姐嚟玩下啦，先生嚟玩下啦。」

「買啲嘢畀你女朋友啊。」

這應該是我們最同心合力的一次。

「又多十張票啦！拎住去先啦！」收銀處的阿婷晃着一大疊票説。

臨近比賽的尾聲，為了增加刺激度，沒有專員會來收票，各班只能自己拿票去二樓的收票站，因此會形成尾後的數十分鐘，整個學校都有不同的人在奔跑着，為求更新自己的戰況。

「我嚟！」張自強二話不說地取了票就往二樓跑去。

「喂，繼續努力招客啊！」他轉頭大叫。

大概接近完場，其實大多客人都已經玩遍整間學校一次，再玩一次的興趣不大，弄得招客更是難上加難。

「嚟啦，再玩多一次啊，擲中少少都送大獎！」開始把遊戲的獎勵加大吸引人。

「喂，又係我阿希啊！係啊，我係阿希。唔知點解，呢排多咗人同我講：你係阿希？我當然係阿希啦。喂，廢話唔多講，而家嘅分報一報先！話說第一嘅仍然係 A 班嗰，有 699 票。嘩！唔講唔知，C 班已經追到 684 票，好接近，究竟有無機會贏呢？」

我馬上轉頭問在收銀的阿婷：「而家我哋有幾多張票？」

阿婷說：「啱啱多咗一張。」

現在只能盼望他們 A 班再沒有客人。

上帝啊，求你叫人不再喜歡女僕，見到女僕就會倒退走。

我繞望一圈，現在的客人不多，大概只有三、四個，其他的都在散去了。

難道今次真的要輸嗎？

先慢着！

剛才那對母女仍在擲錢幣，看來那個女孩真的好想要那個熊仔公仔，但她一直都扔不中，迫着她的母親不停用票。

雖然這樣很差勁，不過求你們⋯⋯晚一點擲中。

不知是不是有神聽禱告，她們再擲幾次仍是不中，又用多一張票了！

「三張啦而家。」

我望一望手錶，還有四分鐘左右。

「等多一陣，七張上去。」我説。

「七張？你覺得仲有人會嚟？」寶兒問。

「應該可以嘅，賭下啦。」

我的內心現在極度激動，幾乎坐立不安，手心都出滿汗。

「Ａ班已經有人跑出嚟啦！」散彈指着Ａ班咖啡室的方向説。

「佢哋有幾多張票？」

「睇唔清楚！」

我的心頓時涼了一半，如果他們再有多幾張，我們已追不上。

「咁我哋而家有幾多張？」

「五張……」

「仲有兩分鐘咋，要跑啦！」

我緊張的望着那最後希望－仍在擲錢幣的兩母女，心中不停默唸着：買啦買啦。

忽然！

那女兒扁着嘴拉着母親說：「算啦媽媽，我唔要啦……」

噢天啊，小妹妹的你成熟得太不合時了吧？

完了。我們輸了吧。

「九張啦！」阿婷不知從哪裏拿到四張票，原來是剛才又有人買食品，她遞給最近的我。

「跑啦！」

我一聽到這句話，身體仿佛已快過腦的思考，一接到票馬上跑起來。由於活動差不多完結，其他人看見我跑起來，都紛紛讓出一條路來，我跑得更順利更快，風在我的耳邊呼呼嘯過，除了急速的踏步聲和風聲我

已經聽不到其他聲音了。雙腳每落一步就更快速的提起來跑着，身體就跟着燃燒起來！

還有一分鐘！

瞬間我已經衝了上一樓，三格三格地跨上樓梯級，不消兩步地踏上二樓。只剩下最後的一條長走廊了！

我提步衝上前，驀地，一個矮小的身影從班間走出來，收掣不及的我猛然撞上了他！

「嘩，好痛啊！！」我倆都倒在地上，他痛得呼呼大叫，我的頭則一片昏眩。

慘！

時間完！

我們輸了。

不知為何，此時我想起了夏語她的說話。

『你唔覺得，超人佢最型嘅，唔係啲乜嘢，而係佢永遠畀怪獸打到趴係地都好，佢都無放棄過，嗰下，真係型爆！』

我又站了起來。

『我嘅願望就係⋯⋯將你個願望畀咗我！

　　哈哈哈哈哈哈～』

『⋯⋯』

第六章

第六章

張自強的家境富裕，住的是洋房式住宅，名副其實是一個富二代。

他的父親是一個製衣廠商人，往常來往中港兩地，而哥哥則是個醫生。

剛好他們一家外出旅遊一個星期，張自強自己堅持不去，剩下自己一個，就邀請我們來他的家玩通宵。

張自強開放他的屋企，當然有更大的原因，為了慶祝⋯⋯慶祝⋯⋯我們勝出了文化節的比賽！

那天，我倒在地下後，馬上爬起身繼續跑，最後來得及在剩餘僅僅幾秒內交回票，憑兩票險勝了 A 班。

就在當日，我就已經向夏語報喜。

『喂，妳走咗未啊？』我賭一賭運氣，看她走了沒有，文化節多數同學都會選擇早走，又或者她的攤位不在班房，看不到我的字條。

啊，對了，她説要做舞台劇，多數不會在班房。

我等了大概五分鐘，正想離去時，就有字條出現。

『我哋啱啱完咗，執返嚟啲嘢就見到你張字條。哈哈哈～做咩咁掛住人哋呀？』

『無人掛住妳囉，我係想講，我‧哋‧贏‧咗‧啦！』

『呵～咁勁，但我想講我哋都贏咗。』

『妳哋都贏咗？』

『有個咁得意可愛嘅女仔做主角，點會無客人。見你咁叻，獎你食士多啤梨。』

她果然不是説笑，這張字條和裏面裝了兩粒士多啤梨的盒子一併出現。

那盒士多啤梨有些小水點沾在表面，應該是剛剛洗完。十年的士多啤梨，能吃嗎？我隨手拿了一粒，咬了一口，清甜無比。平常吃的士多啤梨總會帶點酸，而這個是爽甜無比。

『好食喎，點解妳會有盒士多單啤梨嘅？』

『我鍾意食嘛，好多時都會帶返學食㗎。』

『真係好鬼為食……咁我係咪有一個願望啦？』

『但我都有一個願望喎。我哋不如釐定下個願望範圍先啦。』

為何要如此麻煩？

『好啊。』

『只有對方能力做到嘅嘢，就要實現！』

玩這麼大？怎麼我有種不祥嘅預兆？

反正我也有一個願望，不打緊吧，她弄我時我也能弄她。

『好，成交。』

『咁我講先啦，讓女士先應該無問題啩？』

『無問題。』

『我嘅願望就係……將你個願望畀咗我！哈哈哈哈哈哈～』

『……』

『做咩啊？唔畀反口喎。』

『無，我只不過喺度諗，如果我要將一盒甲由寄返畀妳會點。』

『喂喂喂，大佬，其實小妹其實都係一時口快講錯嘢啫，我咁崇拜你，你又咁大量，點會咁做呢？當我啱啱無講過嘢。』

她……真會哄人。

『Oh,really？既然而家諗唔到，咁我哋遲啲先講大家嘅願望啦。』

不過我已經知道了她害怕甲由，這也算是一大收穫。

『我諗住星期六同寶兒表白。』

『終於肯做返個男人啦。』

『妳覺得點樣嘅表白先會感動人？』

『我未畀人感動過喎。』

『妳無拍過拖？』原來我問錯人了。

『無啊。』

『無人同妳表白？』

『喂喂！我係有人追，只係無接受啫。』

『點解唔接受啊？』

『拍拖咁悶……同朋友玩仲好啦～』她在旁邊畫了一個神氣的女孩。

『咁……妳覺得咩表白會感動到妳？』

『同佢講句粗口，佢實覺得你好有男人味。』

『認真啦。』她的頭腦是否有點問題。

『我點知喎，我都話我無接受過人。不過咁，有啲女仔感動同真係鍾意分得好清。』

『即係點？』

『即係你不如直接講算，喂我返屋企啦，遲啲見啦。』

喂⋯⋯其實我想跟她說一句謝謝，因為她那一句才給了我動力。

不過算了，下次吧。

拜別了夏語以後，我跟散彈、阿婷他們一起回家。在回家路上時，我問：「啊，係喎，點解我哋無啦啦會多咗四張票嘅？」

多賴那四票，才能反敗為勝。

「一個姐姐畀我㗎。」阿婷回答。

「姐姐？」我問。

「一個幾成熟嘅姐姐。」

「係咪着湖水藍色裙㗎？」我追問。

「咦？你點知㗎？」

是她？

那時，我還未知道，原來那個看似萍水相逢的她，在日後事件中是一個重要的人物。

我們相約在星期六去張自強的屋企，在那裏過一晚。至於晚餐則無可避免地又是火鍋。究竟火鍋有什麼吸引香港人？還是志在一個氣氛？不得而知了。在地鐵站附近的街市買餸後，我們便坐上穿梭巴士去張自強的屋企。

原本計劃是這樣，可惜經過廣場去街市時，那群女生瞥見冒險樂園就雙眼閃閃發光，雙腿隨着身體節奏就逛了進去。

「喂喂，入去玩啦。」阿婷是最熱切堅持那個。

「唔係買餸咩？」我問。

「等一陣再買啦。」她拉着我的手進去。

現在回想，其實女生看到冒險樂園會雙眼發光，是值得開心的，因為這樣的日子不多。我們的童心在殘酷現實的社會面前，早已磨滅得七七八八。

「嘩，籃球機啊！嘩！！！嘩！氣墊球啊！不如我哋玩氣墊球啊！」阿婷哇哇大叫。

忽然我想起了夏語，我想，以她的性格，來到這裏的表現應該跟阿婷差不多。

後來分隊比賽，我和寶兒一隊，阿婷和散彈一隊，李蘋怡和小雅一隊，看看誰能拿到冠軍。

張自強？他自然在家啦。

氣墊球就是一張滿是會噴氣小孔的桌子，你拿着一樣好像塞子的東西，把一塊扁平的圓膠碟，誤打誤撞地送入對方的球門，誰先拿到七分便為勝。

第一場是我們對蘋怡和小雅。一開頭寶兒有點拘謹，反應不過來，被他們連入幾球後，她才投入起來，一個反手一打，呼，漂亮地把球送入對方球門。

「嘩，妳好勁！」我說。

剛剛那麼的一下，是帥到不行。

「哈哈，撞彩啫。」

後來她又「撞彩地」進了幾球。

可惜我們最後還是輸了，因為小雅反應太過快了。之後她們便對戰阿婷和散彈，鬥得難分難解，激戰連場。最終是小雅和蘋怡勝了。

「玩埋籃球機囉？」

「不如掃哂所有機啦。」散彈提議。

「喂喂。」寶兒扯一扯我的衣袖。

「嗯？」

「佢哋好似玩好耐啊可？」

「係啊做咩？」

「我想……去自修室。」

廣場附近便是街市，街市的樓上有一間自修室，裏面的燈光是海藍色，感覺蠻舒服，很少人會去，只是冷氣有點強，容易冷病。原先我以為她假日也想溫書那麼勤力，去到才知道她想……

「瞓覺？」

「琴晚無咩點瞓啊我。」她伸一伸舌頭說，剎是可愛。

「哈，咁做咩咁鬼祟唔畀佢哋知？」

「佢哋好似玩得好開心，廢事阻住佢哋啦。但你真係唔使返去？」

「唔緊要，我喺度陪妳啦，廢事妳變到豬咁，無人叫醒妳。」

其實我的內心暗爽得很，因為寶兒是找我陪她，這是否表示我在她的心目中，多多少少也有點位置？

我應該現在就表白嗎？只有我們兩個人，實在是一個好時機。

算了，還是等今晚吧。

她果然是很睏，不消幾分鐘就睡了。

靠着玻璃窗，望着街外的人與車，忽然下起濛濛細雨來，窗上沾上點點滴滴的水點，朦朧了整個景色。

不知不覺我也睡着了。

「幫我……」一把女聲忽然在我耳邊響起，她的聲音顯得很緊張。

「幫你？幫你啲咩？」

「幫我……」她沒有回應，繼續徑自説話。

「幫我……」

「幫我……」

「幫我……」

「到底要點幫你啊？」我反問。

「阿俞。」忽然，一隻手拍在我的背上，嚇得我驚醒過來。

是寶兒。

「醒啦，我哋要去買餸。」

「呃⋯⋯嗯。」我糊里糊塗説。

「你發惡夢啊？」

「唔係⋯⋯只係⋯⋯」我搔搔頭説：「係咖。」

這個夢好奇怪，奇怪在⋯⋯這也太真實了吧？

我的耳旁仿佛還殘留剛才的女聲⋯⋯迴盪不已。

會合大汗淋漓的他們後，轉眼間就買完餸，便往張自強屋企去。

「你哋好耐！去咗歐洲買？」張自強開門的第一句便怨恨地説。

基本上，每個人來到他的家，第一個反應就是：哇！好大啊！哇好靚啊！哇！好狗啊！

呃，好狗是意思是，他的家真是有養一隻金毛尋回犬，每當有客人來，特別是女性，牠都會⋯⋯唔⋯⋯抱着人家的腿，搖動牠的腰？

第六章

我發覺那隻狗特別喜歡蘋怡，一看見她便纏着不放。

「妳真係受犬歡迎。」我説，蘋怡瞪住我。

我們打的是海鮮火鍋，買了一大堆海鮮，把那些蟹、蜆啊、蝦啊都放進去煮。湯底極度鮮甜，讓人一試難忘，特別阿婷帶了她家的特製豉油，讓這一餐更加完美。

我們還專誠租了電影，在吃飯時播放，基於大家覺得笑片多人一起觀看不好（人笑你未必想笑），就租了午夜靈異錄像。

我個人不太懂欣賞，看着他人睡覺有什麼好看？我忽然想起什麼似的，就問小雅：「妳上次話張自強講嗰件事係真，點解咁講嘅？」

「喂，我講過好多次，都話係真㗎囉。」本來正在咬貢丸的張自強，不滿地抬頭抗議。

我們沒有理會他，小雅繼續説：「無啊，因為我有同我家姐提起過，佢都話的確有呢件事。」

「你家姐以前都喺呢間學校讀？」我追問。

她點點頭説：「嗰時佢中五會考唔夠分原校升，就轉咗嚟我哋間學校讀。」

「只不過有啲奇怪。」小雅又説。

「有咩咁奇怪？」我問。

「其實又唔係話怪嘅⋯⋯」

這一刻，大家幾乎都沒有再理會那個邊爐，紛紛放下筷子，專心聽小雅説話。

「我家姐其實轉校入嚟都唔係識咗好多人，不過佢依然好記得嗰個女仔。佢哋喺英文學會識，個女仔嘅英文都幾好，份人好鍾意笑同幾Nice，一直識落都唔覺佢係有精神病，所以咪好怪，點解會無啦啦會變成咁。」

「咁精神病都可以由無到病發嘅。」李蘋怡説。這話確是不錯。

我再問：「咁呢單嘢係發生喺幾時㗎？」

「九年前。」「佢話九年前。」小雅和張自強異口同聲説。

九年？豈不是二零零三年？

「咁⋯⋯個女仔叫咩名？」我再問。

「呢層⋯⋯我就唔知啦。我都無問過。」小雅皺皺眉説。

「你做咩咁八卦啫，人哋咩名都要問。」散彈説。

「無⋯⋯問下啫，得個知字嘛。」

我的腦海逐漸浮現一些奇怪的想法，奇怪得有點難接受。

稍微⋯⋯有些頭痛。

「你無事嘛？」寶兒也問。

「無⋯⋯無。」我揮手強笑説。

巧合吧？我對自己説。

吃畢飯後我們轉戰張自強的房間打機，玩《火影忍者》的對戰。

「點玩㗎？」蘋怡問，大概平常她也不會接觸這些。

「好簡單㗎咋，兩個人揀一個角色對打。嗱，你依個係跳、依個係打，咁樣咁樣禁就會出到必殺技。」張自強解釋。

「好似好難咁⋯⋯」阿婷説。

「我哋讓下你哋啦，放心啦，會一路就住嚟教。」散彈信心滿滿地説。

「嗱，第一鋪，讓下你先。你揀鳴人啦，我要小櫻，我會盡量輕手啲。」張自強把手掣遞給李蘋怡説。

「我都係唔太識操作⋯⋯」她緊張的説。

「放心啦，我會就你。」

然後過了三分鐘，我們看到小櫻倒在地上，死了。

「咁即係點？」李蘋怡問。

「即係……妳贏咗。我諗小櫻真係太廢，唔太識用佢，我揀過另一個角色嚟多鋪啊。」

接下來，我們又看到張自強操控的培恩倒在地上。

「妳……妳係咪扮嘢㗎！肯定之前有玩過。」

「無啊，我第一次㗎咋。」

不愧是全能的家姐，無論做什麼都比別人強。

可憐了張自強。

話說回頭，張自強的房間蠻大，相比起我的家，他的房間已等於我家的客廳，木地板配灰色地毯、白色的牆色，裏面有書櫃、遊戲機和按摩椅，感覺很簡約舒服。

當每一個人都洗完澡後，我們就聚在房間玩最無聊的狼人。

「黑夜降臨……村民都瞓晒覺啦，狼人請你張開眼。」主持人小雅說。

「我動議！係阿俞係狼人！」散彈無緣無故地喊起來。

「黐線㗎！？我未開始殺人！」

愕了兩秒後⋯⋯

噢！！！！

中計！

「哈哈哈，好鬼蠢！」阿婷馬上笑得翻肚。

「阿俞，你會唔會太快呢？」張自強説。

「自爆，我都係第一次見。」小雅説。

唉，奸臣當道。

下幾局，大概主持人也醒目，不會再找我當狼人，經過數局狼人得勝後，現在的局勢是，阿婷、小雅和蘋怡死了，只剩下我、寶兒和散彈還生存。

「阿俞，我用我哋咁多年嘅友情去賭，寶兒係狼人啊。」散彈説。

「下⋯⋯我唔係啊⋯⋯」寶兒一臉無辜地説。

「喂阿俞，信我啦佢係！投佢我哋贏㗎啦。」

「我真係唔係啊……」

兩邊都很真誠，不像演戲，到底誰是誰非？

友情和愛情，這是一個世紀難題。

你到底會怎樣選擇呢？

我當然不是一個你想像中的人，我會選擇……友情……

「散彈！我信你……係狼人！」

……去死。

「你呢個被愛情蒙蔽雙眼嘅粉腸！」他大罵。

寶兒一臉窘態地低頭。

當然，最後是我輸了。

晚上睡覺時，基本上女生睡張自強的房間，而男生則在客廳睡。本來我們不用分房的，張自強的房間夠容納我們全部人。

「我哋唔係驚你哋咩，只係你哋上次喺 Camp 打鼻鼾真係太嘈。」李蘋怡説。

就這樣我們分房了。

張自強算是有義氣，本來他可以睡家人的房，但也陪我們睡客廳。

夜寂無聲，四周漆黑一片，三個男生各睡一張梳化（他的家有剛好有三張）。

大概兩個人都睡着了吧？我望着天板，久久不能入睡。

在想……一些事情。

「喂，散彈。」張自強忽然發聲。

「嗯？」

「聽聞你第 81 次表白失敗。」

「嗯哼。」散彈照舊閉上眼，似乎不在乎。

「其實你會唔會放手？」張自強問。他問的語氣沒有任何惡意，只是單純的好奇。

張自強只是比散彈晚一點發覺自己喜歡上小雅，他明白這是好友喜歡的對象，但他不能欺騙自己的感情。更何況，他們並沒有在一起。

公平競爭吧。

這是他們的約定。

錯誤地
與十年前的女孩
通信

誰追到小雅，一定會祝福對方。

「第 100 次表白啩。」散彈沉默了一段時間才回應。聲音有點沙。

相比起散彈的進取，張自強沒有任何的表白，只是一直默默陪伴在小雅的身邊。

「喔，加油。」張自強説。

我想，這是矛盾的一句，卻感動，因為不是太多人能做到。

我相信他是真心的。

半夜時間，我起身去廁所時，巧合遇上了剛從房門出來，頭髮微微散亂的寶兒……

「仲未瞓嘅？」我問。

「未啊，我想去廁所……但又有啲驚。」她細聲地説，生怕會被人聽見。

「有咩好驚？」

「今日睇嗰套電影好恐怖……其實講啲嘢都好恐怖。」

「咁我陪你去啦。」我開玩笑道。

其實我只是隨口亂講，沒想到她竟然真的回答：「……好啊。」

到了廁所門口，她扭扭捏捏，羞澀的說：「唔准……偷走……」

然後她把門關上了。

啊？

我在想什麼，難不成人家要跟她進去嗎？林一俞你這個白痴。

換我上完後，出廁所門時發覺她還在等我。

「咦？唔返房？」我問。

「等埋你嘛。」她說。

其實本來預計好今晚向寶兒表白，但我滿腦混亂的想法，讓我現在沒有這個心情。

「傾陣偈囉？」她問。

張自強的屋企有一個小小的後花園，我們逛到那裏漫步着。

那一晚月色皎潔明亮，月光散落在寶兒潔白的臉頰上，照得她多一份說不出的美態，有種「月出皎兮，佼人僚兮，舒窈糾兮，勞心悄兮。」的感覺。

「你今日好怪。」她先開話題。

「點解咁講嘅。」

「好似心情重重咁。」她眼神認真的望着我説。

「妳會唔會咩事都信我？」

「嗯，當然啦。我哋係朋友嚟㗎嘛。」

朋友兩個字深深敲擊在我胸口，我不喜歡這兩個字。

我呼了一口氣，説：「我想同妳講一啲好怪嘅嘢，妳要鎮定喎⋯⋯」

基本上，我把所有的事情都告訴了給寶兒，怎樣發現過去的信，到認識夏語去到近期發生的事，特別當她聽到櫃桶會把東西送到過去時，雙眼瞪得不能再大。

「即係⋯⋯你而家懷疑九年前死咗嘅女仔⋯⋯就係同你有接觸嗰個？」

「妳信我啊？」

「我諗唔到唔信你嘅原因。」她微笑道。

噢，太好了，寶兒果然是溫柔體貼的人。

「其實呢個都係我估，無實質證據。但我相信事出必有因，我可以同佢有聯絡，一定係有原因嘅。」

「嗯嗯……」寶兒點點頭。

「妳有無睇過《不能說的秘密》套戲？」

「有啊，周杰倫同桂綸鎂嘛，好好睇啊。」她的眼睛瞬時亮了起來。

「記唔記得呢，桂綸鎂因咩事畀人排斥？」

「因為佢同人講……啊，你嘅意思係？」她瞪大眼睛，愕視着我。

「當時桂綸鎂就係因為同人講，佢識得一個嚟自未來嘅男仔，先被屋企人、同學當咗係精神病。」

「即係你覺得，因為個女仔同人講佢識一個十年後嘅男仔，所以被人當咗精神病？」

「應該無咁巧合啩。」

「咁……但係咁點解釋李老師話佢有一段時間好返，但又病發自殺？」

「呢層……」對啊，確實不能解釋。

有什麼情節我們是漏了，而我們是不知道的？

而且，這件事情，真的有這麼簡單嗎？

「咁你諗住點查？」寶兒問。

「首先由名字入手，妳可唔可以幫我叫小雅下問佢家姐，當年個女仔叫咩名？或者多啲佢嘅資料。」

「當然可以。」

「我就會試下去問夏語。同埋搵李老師。」

「李芝鳳老師？」

「嗯。」我點點頭道：「畢竟佢係當年有份目睹嗰件事嘅人，親自問佢，先可以了解成件事。」

「好，我會叫小雅㗎啦。」頓了一頓後，她又問：「呢件事你有無同其他人提過？」

「無啊，妳係第一個。」

她開心的笑起來，然後説：「多謝你，不如你都同佢哋講啊！佢哋會相信你㗎。而且多一個人，多一份力量。」

她有道理的，實質上我不是怕跟他們講，只是怕麻煩。

「早啲瞓啦，唔好咁擔心。」寶兒拍拍我的肩膀道。

「嗯。」

她轉身離開前，忽然叫出來：「啊！」

「做咩？」我問。

「其實我仲有疑問⋯⋯」寶兒低着頭說：「我唔太明成個流程，你識⋯⋯」

「夏語。」

「如果嗰個人真係夏語，咁你未識到佢之前，已經知道咗佢係死咗㗎啦。即係你未穿越時空之前，佢死咗呢件事係發生咗⋯⋯咁⋯⋯你到底係點樣影響到佢⋯⋯？」

成長中的我們，總是對許多東西執著，
或對成績的執著、或對運動的執著、或對（某18的）執著，
卻不知未來會變得怎麼樣。
有些執著，時間會打放我們的手放下，
有些則只能見證。

還是吃麵吧，別想太多。

三個吃麵的男人，各懷三個不同的心情。

第七章

秋夏招搖的來，悄悄的走，早已換成了令人渴望溫暖的凜冬。窗外的樹葉凋落得一乾二爭，剩下一片灰色的樹幹。

校服也由短袖變成長袖冷衫，雖說冬季校服比較好看，但我們學校的女生還是穿夏季白色的校服比較清純。

冬天的課室，冷暖交集下，最容易令人打睏。

其實冬天的上課時間應該順應着人的生理時鐘的變遷推遲。

當你聽着中文的史 Sir 唸文，那美妙的、沒有抑揚頓挫、音調平穩的聲音真是一個良好的催眠曲。

「環滁皆山也。其西南諸峰，林壑尤美，望之蔚然而深秀者，琅琊也。山行六七里，漸聞水聲潺潺而瀉出於兩峰之間者，釀泉也。峰回路轉，有亭翼然臨於泉上者，醉翁亭也。作亭者誰？山之僧智仙也。名之者誰？太守自謂也。太守與客來飲於此，飲少輒醉，而年又最高，故自號曰醉翁也。醉翁之意不在酒，在乎山水之間也。山水之樂，得之心而寓之酒也……」

噢，我仿佛感受到那種仙境之妙，完全能進入狀態，體會宋代歐陽修成仙之路。

歐陽修成仙的嗎？

算了，不理會。

就在我快要與周公、周伯和周叔四個人湊夠腳開枱時，櫃桶輕輕啪一聲，讓我稍稍回神。

『做緊咩啊？』是夏語傳來的留言簿。

自從文化節那天後，我們轉了用留言簿説話，比用字條方便得多。

『上緊中文堂，好悶啊。』我特別畫了一個臉像包子的小男孩，鼓起泡腮發悶。

『呵～好得意啊個男仔，你做咩嬲嬲豬啊？』

對，我的確是在生悶氣。

『除非妳肯講妳叫咩名啦。』

『你仲乜咁想知我係咩樣啫？唔可以㗎！你有寶兒㗎啦！』

她仍在誤會我想在歷代學生相簿中找出她的樣子，雖然我真的會這樣做，但主要不是因為這個啊！

我又不能直接道出原因……

因為寶兒先前提醒過我說：「你最好唔好直接同佢講。」

「點解呢？」

「你試諗下，如果有個未來嘅人，同你講你會死要救你，你都未必會接受到，可能會適得其反。」

就是這樣，唯有用先隱瞞事情。

『我用願望去換好無？』

『你捨得㗎啦？』

我是極不願意，但為了清楚真相……

『唔捨得㗎……』

『咁你諗清楚先啦。』她把話題輕輕帶過：『食唔食士多啤梨？』

『我要啊。』

不知由何時開始，她慢慢會每天剩下兩粒士多啤梨給我，而且每次也一樣清甜多汁。十年前的生果好像比現在的好味，還是因為她的關係？

當然……她不會放棄作弄我的機會，時而在士多啤梨上面灑鹽，鹹

得我飲了一枝水，有次更厲害，她很精心的把士多啤梨割開，再往入面塗芥末。

她創意實在無限，甘拜下風。

『今次又唔會加料嘛？』

『你咁諗我嘅？好傷心……』

『妳都會傷心㗎咩？』

『其實成日笑嘅人先容易受傷。』

『係咩？』

『聖誕節就嚟到啦，喂，懦夫，你有無諗住再表白？』

自從上次無心情表白後，我就把這件事無限期擱置。

「我為咗妳咋，仲要畀妳串，呢個咩世界？」我心裏暗忖。

好人難做啊！

轉眼痛苦的中文堂已過去，到了午膳的時間，人生猶如被解放！

「食咩食咩？」我興奮的問散彈。

「等陣先。」他從書包拿出一個黑色膠套，從裏面取出一個保溫壺來。

我嘲笑他說：「嘩，男人老狗，你幾時學識帶保溫壺？」

「你識乜嘢。」

「咩嚟㗎？」我不客氣地取過來，剛扭開蓋已經被他搶回。

「嘩，好香喎啲湯，飲啖啦！」我說。

「唔係畀你飲㗎！小雅呢排有兩聲咳，所以先煲蘿蔔豬肺湯畀佢飲。我今朝好早起身煲㗎，你唔好污染咗佢！」他抱在懷中，好像是他的寶貝一樣。

「乜你識煲湯㗎咩？」

「唔識㗎，上網睇食譜試㗎咋。」

「好唔好味先，有無落鹽㗎你？」

「我試咗好多次㗎啦，應該可以嘅。」

「嘩……喂，飲一啖佢唔覺嘅。」

他斬釘截鐵地說：「無得傾！」又道：「你喺度等我啦。我畀完佢就一齊出去。」

他滿心歡喜的哼着歌、捧着湯壺徑自去找小雅，我則咕嚕一聲，留在班房無所事事。

過了幾分鐘，他回來了，將湯壺擺在我面前。

「係咪想飲？」

「做咩？」

「你飲咗佢啦。」

「你唔係畀小雅㗎咩？」

「佢唔會飲㗎啦。」散彈一臉失落地道。

散彈不好嗎？除了口水多了一點外，沒有什麼不好，專一而且長情，樣子雖然不算英俊，勉強也算得有點型。

為什麼不接受？感情很殘酷，沒感覺就是沒感覺。而且人總有一種天性，愈對你好的，愈不懂去珍惜。

我曾經有問過他，每一次表白失敗，為什麼都可以當作沒事發生，他卻回答：「除非你唔鍾意嗰個人，否則每一次表白，每一次失敗都是切膚之痛。」

或者，我們都犯賤。

我開始有點明白夏語所講的說話。

每逢星期二的英文補習，逐漸變成我和寶兒交流情報的時間。我們沒有理會太陽 Sir 在説什麼，坐在最後的一排細聲地聊天。

「小雅終於肯問佢家姐啦。」

「係？」我聽到這個消息有點喜出望外，之前她一直忘記去問。

「咁究竟叫咩名？」

「對唔住啊……佢話太耐嘅事，已經唔記得咗。」

　　真是一高又一低，我嘆了一口氣説：「夏語嗰邊都唔肯講，我搞佢唔掂。」

「好似乜嘢都好唔順利咁，李老師又屋企急事請長假離開……你估有無其他老師會知？」

「校長喺幾年前大改革，好多老師都頂唔順走咗，換咗好多新血，剩返資深老師唔多。但我問過幾個，但佢哋答法都係一樣：『太耐，唔係好記得詳情。』」

「咁仲可以有咩方法查？」

「李芝鳳聽聞新年後會返嚟。我到時先再去搵佢啦。」

「咁就好，仲有無啲咩要我做？」

「唔使啦，妳幫咗我好多啦，妳專心練習。」

一月是我們學校的陸運會，雖然對於我這種無運動細胞的人來說，只是一日無聊呆坐的日子，但對寶兒、小雅那些運動健將則是另一回事。

臨近陸運會，當然要好好練習。

「呵呵，多謝你啊。」

「加油！我會為妳打氣㗎。」

我們對那個女孩的調查暫時停止在這裏，沒有什麼新發現。

而那一年的聖誕節，好像被任何一年的聖誕節更寒冷和寂寥。他們不知道是不是商量好還是什麼，全部人都巧合地陪家人去旅行，只剩下我一個在香港。

「得返最後一年，當然係去玩埋佢啦，下年無㗎啦。」散彈說。

Lonely Christmas.

聖誕節之後那幾天，不知班主任老黃是否知道我一個人，喊我回校幫手陸運會的場刊準備。

老實說吧，輸入一大堆文字是輕鬆，不過將時間拉長就不是一件易事。

我足足坐在電腦面前由九時打到四時，幸好老黃有點良心，午飯是他請的。

「啊，好劫啊！」我伸伸酸痛的背脊。原來文員的工作是這麼幸苦的。

「辛苦你啦。晚飯我請？」

「唔使啦，但可唔可以開一開班房，我漏咗嘢。」

其實我沒有遺漏什麼東西，只是好奇想知，夏語會不會有什麼説話留下。

果然，櫃桶有一張聖誕卡。

Merry Christmas ～～!

祝你聖誕快樂啊林懦夫呵呵，好高興你認識咗我，哈哈，係福氣㗎喋。你啲朋友去晒旅行唔緊要啊，有我呢個朋友陪你嘛。雖然……我都去咗旅行，哈哈哈哈，不過唔使太傷心，我會買手信畀你。聖誕節快樂，林一俞。

夏語

很久未收過聖誕卡了，這大概是我這個聖誕節最窩心的禮物。

這個聖誕假期，我到網上搜尋有關時空的資料時，竟然給我發現一個故事，那個人聲稱他寄信回到過去，改變一些錯失的事情，才成功挽救了一段感情，娶了他現在的太太。

「乜咁似我同夏語嘅事……」

我馬上傳電郵給那個人，諮詢他更多的詳細。

如果是真的話……

「點啊，林一俞搵我做咩事？」站着教員室外，李芝鳳一邊疾筆改寫作業，一邊問。

久久未能回校的她，要趕上先前遺下的工作，也要一段時間整理，因此忙得整日沒有時間理會我。

直到放學為止，不過連現在會面的時間仍忙住改簿。

已經接近晚霞時分，學校的人流開始散去，天色都漸漸黯淡起來。

「呃無，咁嘅……其實我有啲問題想問下李老師。」

「問啦。」她還是沒有望我，專注在功課上。

「唔……我想問……十年前，有個女仔跳樓自殺嗰件事。」

一直不斷圈圈交叉的筆忽然停下來，她緩緩抬頭，眼神帶點驚訝的瞧着我。

　　「點解你會知？」

　　「係張自強講，呃，喺營地講學校有咩傳說嗰時講。」

　　「做咩咁好奇啊？」她的紅筆交叉兩下，又改完一本簿了。

　　「無⋯⋯」我一直注視着她的筆。

　　「無咁我走啦。」

　　「等等！其實我想了解多啲學校嘅歷史，包括學校一啲秘聞或者傳說咁。」

　　「知嚟做咩？」她皺一皺眉說。

　　「呃，如果有趣，可以拎嚟做校報嘅材料，我哋都諗住有一版係講學校嘅歷史。」我連校報編輯的身份都動用了，不過這不算說謊，如果有趣又夠資料的話，登上校報絕對不是問題。

　　對了，我可以利用這個身份，我之前怎麼想不到⋯⋯

　　「喔⋯⋯」她點點頭，一副明白了的樣子，又繼續埋頭在書簿中。

　　「十年前⋯⋯」

錯誤地
與十年前的女孩
通信

她所説的，跟張自強所説的完全一樣，應該説大致上沒有什麼分別。

「老師，你⋯⋯你覺得佢真係神經病？係點解會咁覺得嘅？」我頓了一頓又説：「會唔會係因為佢講咗啲乜嘢奇怪説話先令你咁覺得？」

「奇怪説話？」

「即係，會唔會係佢話佢識咗個未來人之類好荒謬嘅説話，令你咁覺得？」

「又唔係呢樣喎，只係佢情緒波動好大。我本身以為佢有啲情緒病，不過之後，佢成日上堂都會無啦啦喊，又大叫，嚇驚身邊啲人。有啲同學頂唔順，向我反映，係無辦法之下先叫佢喺屋企養病。」

「即係⋯⋯並唔係因為佢講咗啲乜嘢？」

她搖搖頭説：「佢係乜都唔肯講。不過⋯⋯聽聞係同佢嘅感情生活有關。」

「其實佢病咗呢件事令好多人都好傷心，特別係佢好朋友陳善心。佢哋本身係好好姊妹嚟，睇住佢嘅好朋友變成咁，最後仲要⋯⋯輕生。唉，佢係最痛心嗰個，成日喊住咁搵我，搵咗好耐，佢先接受到好朋友嘅死。」

「陳善心？」

「佢係個女仔嘅好姊妹，由中一開始已經形影不離㗎啦。」

　　　　　　　　　　　　　　　　　　　　　　　第七章

「老師，我想問⋯⋯究竟個女仔叫咩名？」

「李曉兒，佢咪就係李俊朗嘅家姐囉。」

「李俊朗？」李俊朗的家姐？這一個事實讓我頗吃驚。

「你唔知都好正常，佢都好少同外人講佢家姐嘅事。」她托一托金絲眼鏡說：「如果你真係想知多啲，不如去搵副校長啦，當年件事佢有份處理。」

「麥副校？」麥副校長任校五十六年，確實會知道事情，我又沒有想過這一點⋯⋯

「唔該老師你先。」

「仲有無嘢問啊你？無我返入去㗎啦。」

「無啦，唔該老師⋯⋯」剛拽步轉離，我便想起什麼，叫住了李芝鳳。

「老師！我想問⋯⋯」

「唔？」她卻步問。

「當年，有同學話見到死咗嘅曉兒件事係真定假？」

「你話呢？」一句似是而非的説話。

「咁你有無見到？」

她沒有答我就徑自回去教員室。

放學後，我陪散彈和張自強去九龍城的小店吃牛腩河。從中三起，我們就特別喜愛放學後到小店吃個下午茶，除了因為下午茶比較便宜外，還因那裏的感覺有濃濃懷舊風味。

話説散彈吃牛腩河有他的理論。

「首先，牛腩蘿蔔同湯河要分開上，免得牛腩裏面嘅肉汁同清湯相沖。然後將牛腩嗰碟嘅汁倒 3/4 落湯河裏，調濃湯嘅味，剩返 1/4 留喺度，免得你食牛腩完全無汁。記住記住，蘿蔔一定唔落得湯，一落就出事，同咬碌白焯蘿蔔無分別。最後放半湯匙河粉、蔥同湯，一食，嘩完美。」

我對他這種所謂的理論總是嗤之以鼻。但是張自強卻對此極為崇拜，跟足他每一個步驟，對比起來，弄得好像我才是那一個不正常。

「你又唔可以咁講啦阿俞，我搵一次試過唔跟散彈嘅食法，真係無咁好食㗎。」張自強説。

「你心理作用咋？」我説。

「阿強呢啲先識欣賞，你？識條鐵咩。」散彈説。

我總覺得是張自強平時少吃這種平民食物，所以才容易受騙。

世代邪惡啊世代邪惡啊。

「話時話，你唔係話表白㗎咩？」散彈慢慢地、一步一步跟足程序嚴謹地計算河粉分量，將河粉、蔥放入湯匙，再浸湯。其動作的慢理斯理程度，好像調了 10 倍慢鏡一樣，絕對能挑起人類最原始的獸性，一手把他掐死。

「係，因為一啲事阻住咗我。」我按耐地説。

「好似寶兒呢啲咁搶手嘅女仔，你唔去馬，自然有人去，到時唔好喊。」散彈説。

「咁你同小雅又點？」

「其實……我已經想放手。」張自強忽然説。

「點解？」

「無，只係我覺得用咗太耐時間，去追一樣得唔到嘅嘢，好似好浪費時間咁。散彈你唔會咁諗㗎咩？」

「我……都唔知。」

我想，對散彈而言，追求小雅早變成他生命裏的一件不可分割的事，如喝水、呼吸般自然。

成長中的我們，總是對許多東西執著，或對成績的執著、或對運動的執著、或對伴侶的執著，卻不知未來會變得怎麼樣。有些執著，時間會打放我們的手放下，有些則只能見證。

還是吃麵吧，別想太多。

三個吃麵的男人，各懷三個不同的心思。

『咁妳要咩啊？』

『一隻超人太郎嘅鎖匙扣。』

第八章

第八章

『李曉兒。』

『日本手信啊。』她回覆時，我一併收到一個粉紅色的小袋子，上面有一條粗繩倦成一個橫 8 字，下面則寫着御守兩隻字。

『李曉兒。』

『多謝都唔講句，好無禮貌啊某人！』

『李曉兒係咪妳個名？』

『你知唔知係咩嚟㗎？』

算了，我猜她是不會回答我的。

『咩嚟㗎？』

『護身符都唔識，好打極有限！我去日本神社專登保佑你求㗎！！』

『果然好守信用喎。』

『呵呵呵～當然啦，咁我嗰份呢？』

『我都話我假期無去旅行囉。』她怎麼不聽人說話。

『我知。』

『你知，咁仲問我拎？』

『但我有畀手信你啊嘛。』

『跟住呢？』

『跟住你係咪應該要畀返我呢？』

『我無去旅行喎。』

『咁你咪買香港嘅手信畀我都得㗎嘛，好豬啊你！』

哪有這麼蠻橫的女孩……

在香港買手信？

有沒有搞錯？

我也是第一次聽到要買香港手信送給另一個香港人。

『咁妳要咩啊？』

『一隻超人太郎嘅鎖匙扣。』

『喂，咁樣已經唔算係手信啦啩。』

「林一俞，你係咁寫寫寫，寫咩啊？乜睇片都有嘢寫㗎咩？」通識堂正播着《新聞透視》，結果被張老師發現我在偷偷摸摸地寫留言簿。

我迅速將留言簿放入櫃桶，説：「對唔住張老師，我唔再做功課啦。」

「我係第一堂，你已經都有功課？」

「呃……欠交嗰啲。」

「拎出嚟。」

「吓？」

「同我拎出嚟！」她説，趨前到我的座位，探頭一看，什麼都沒有。

她感到有點奇怪，卻沒有追究下去。

「下次唔好啦。」

呼，一額汗。

『應承咗，無得反悔㗎啦。』

噢，殺了我吧。

陸運會，算是上學以外比較特別的時間，畢竟不用回校上堂，心情比較輕鬆愉快。

我們早就約了七個人一起吃早餐才去運動場。本來約好七點地鐵站等的，結果散彈遲了十多分鐘。當他彎腰喘着氣道歉時，我們每個人都假裝「黑臉」，經過他身邊冷冷地拋下一句：

「遲到請早餐。」

「遲到請早餐。」

「遲到請早餐。」

「我幫你唔到。」我説。

可憐的散彈。

最後他請了我們全部人吃早餐，因此沒人告訴他……其實只有一個人準時，那個是蘋怡。不過我們早餐吃得太慢了，弄得要跑回校。

陸運會未開始已經開始跑了！

回到場地，照慣例體育老師一輪長又沉悶的訓話後，就開始列隊上看台。話説陸運會自然分社坐，我、散彈和蘋怡是紅社的，張自強則是藍社，阿婷和寶兒是綠社的。

「又係沉悶嘅一日。」

我早説過，對我這種不做運動的人來説，陸運會是悶得很，除了會有寶兒紮高辮的樣子看。我瞧着程序表，只有女子甲組 100 米值得留意，因為那是寶兒參賽的項目。

　　「唔係啊，小雅佢會跳高同跳遠。」散彈緊張的説。

　　「咁都唔關我事啊。」我又不喜歡她。

　　「喂，其實我都會跳高同跳遠，仲有接力。」蘋怡不滿我們冷落她説。

　　當然，李蘋怡其實是一個標準美人兒，只不過她樣樣全能，太過厲害，家姐的稱號，讓身邊的男生都不敢靠近。照她的説話，其實這樣更合她的心意。我曾經有問過她在外面有否男朋友，只不過她奸笑的説：「唔想話你知。」

　　我猜是有的……

　　話説回來，陸運會催眠的威力真大，即使在一片吶喊聲和缺乏節奏感的鼓聲中，我仍舊睡着了，如睡公主般睡着了……我知這個比喻是很噁心。正當我沉睡時，一把熟悉的女聲又在我的耳邊響徹。

　　「幫我……」

　　「幫我……」

「你究竟係邊個？」

「幫我⋯⋯」

「你乜嘢都唔講，我點幫你啊？」

「五樓⋯⋯」

瞬間我又醒了！

從睡夢中驚醒後，我第一時間慌忙的說：「我又聽到！」

「聽到咩？」散彈和蘋怡問。

「個女仔！個女仔！」

「你 up 乜嘢啊？」

我從頭到尾，把整件事簡略地跟他們講述了一次。

散彈的第一個反應就是：「頂你！！！有咁好玩嘅事點解唔一早同我講。」

其實他的反應我一早已經能預料，畢竟多年好友不是白當的。

李蘋怡則一臉沉重的思考：「即係，你個櫃桶識得穿越時空？」

「係，唔信我可以返去試畀你睇。」

「喂，咁咪可以中六合彩囉？你可以叫你十年前嗰個女仔幫你買六合彩，之後五五分帳㗎嘛！哇！發達啦！」散彈興奮的說。

「黐線，你估個個都好似你咁。」

「最多我六你四啦。」

「我唔想我哋關係有其他雜質。」我認真地道。

「玩下啫。」

「但你真係覺得連繫到係因為十年前嘅事？證據係？」蘋怡問。

「我只係……直覺。無任何證據。」

「但我有一直發夢，好似啱啱嗰個夢咁，好奇怪。而且，我識到佢，應該唔會無原因啩？」

「唔可以無原因㗎咩？」散彈說。

「你覺得係叫緊你幫佢？」

「可能係啩。」或者純粹我自己心理作崇。

「咁妳嘅意見呢？」我又問。

「我嘅意見係，同大家商量咗先。」不愧為家姐。

「不過我諗而家可以做住嘅先。」我瞧着眼前經過的麥副校長……

麥副校長穿着一身輕鬆的運動服，跟他本身斯文的形象格格不入，大概是看慣了他穿冷衫西褲的關係吧。

「副校！」我喊住了他。

「係？」他轉個頭來，臉上掛住不知是真還是假的笑容。

「我有啲嘢想問下你，方唔方便……行埋一邊？」

「運動會都有嘢問咁勤力？」他失笑道，我們走到後台小賣部比較少人的位置，散彈和蘋怡則攝手攝腳走到旁邊偷聽。

「唔係關於功課㗎。」我搔搔頭，尷尬道。

「咁你想問咩？」他雙手合拳，放在腰間。

「李曉兒嘅事。」我一語道出重點。

他的笑容隨着他幾秒思考漸漸消退，我猜他應該回想起來。

「點解你會知哩件事？」

「啲同學講起，我聽到。」

「咁你知嚟又做咩呢？」他開始擺出一副防備的姿態。

「其實我係收集材料，睇下寫唔寫到一篇報導出嚟。」

「咁有好多嘢寫啊，唔使一定要寫呢啲，寫下綠色校園、科技嗰啲都得㗎。」

「唔係㗎⋯⋯我哋需要一啲比較有吸引力。」我說。

「校報出呢啲，我唔太認同。」他嚴肅地說。

「透露少少都唔得？」我最後要求。

「同學嘅私隱，我唔應該可以亂講畀你聽。」他堅定地說，拽步離開時又道：「我諗你都係放棄李曉兒呢篇報導啦。」

我失望至極。

當我走時，發現除了散彈和蘋怡在一旁，還有李俊朗。

李俊朗，還有他一雙兇惡的雙眼。

趁着午息的時間，我把整件事都告訴給所有人，包括阿婷、小雅他們。

「點解你會遇到啲咁好玩嘅嘢㗎！」

阿婷的反應跟散彈差不多。

小雅和張自強起初則以為我在捉弄他們，還在問今天是愚人節嗎？直到蘋怡再三保證，他們方肯相信。

「吓？係真㗎？」阿婷問。

我點點頭。

「真？唔係呃？」

我點點頭。

「咪玩喎。」

我舉了中指。

「不如諗下點幫阿俞啦，佢已經夠慘，啱啱又被副校長拒絕。」蘋怡好生相勸。

寶兒用憐惜的目光望着我。

「佢唔肯講又好正常，亂講人嘅事畢竟唔太好。」阿婷說。

「咁仲有咩方法？」

「啊……其實我都識唔少以前嘅風紀長，可以幫你問下，睇下識唔識嗰年嘅人。」蘋怡忽然道。

「唔該哂！」

「其實點解唔試下搵圖書館？」小雅忽然説。

「圖書館？」

「我諗佢意思係舊報紙，新聞正常會報導㗎嘛。」散彈補充。

「係喎，新聞正常都會咁做。」又是一個好方法。

此時，寶兒靜悄悄地靠近我耳邊説：「係咪啊，都話人多好辦事。」

「係啦，至叻係妳，一陣加油啊！」

「嗯！多謝你。」她笑道。

中午過後，第一場賽事就是女子甲組 100 米的比賽。

「喂，寶兒，加油啊！」我大力喊着。她向場外的我微一微笑。

「寶兒，你得㗎。」李俊朗在另一邊替她打氣。

無論多少次，我都看他不順眼。

「呼！」一聲巨聲。

每個人都應聲彈出，驀地，本來一字排開的選手頃刻便變成一個三角形一樣，兩三個選手開始拋棄後隊，寶兒排在第二，追趕上第一！

「喂！寶兒加油啊！上！」我幾乎竭力大喊，小雅他們激動地叫起來。

寶兒拼命的跑着，大有超越第一之勢，看着她的身影漸漸與第一接近、平排……終於……！

「哇！贏咗啦！佢贏咗啦。」阿婷高興得叫起來。

寶兒正喘着氣的過來，記錄時間的人對着她說：「嘩勁啊寶兒，你差啲可以破到記錄啦。」

「破記錄？」

「徐均咏嘅記錄，十年嚟無人破過。」

「徐均咏……」

「創咗好多陸運會紀錄嘅女仔。」

之後發生了一件事。

141　　　　　　　　　　　　　　　　　　　　　第八章

話説男子甲組 100 米時，其中一個選手是李俊朗。

李俊朗是一個賽跑好手，眾所周知的，他一直是田徑隊，為校出賽那些能手。到他落場比賽時，氣勢十足的，又在拉筋又在向為他打氣的人揮手，一副奧運選手的樣子，贏得不少笨蛋女生為他尖叫。

哼，裝模作樣。

「寶兒，我贏咗你答應我一樣嘢啊。」他向剛跑完不久，仍在比賽場邊的寶兒説。

「唔？」寶兒不解的問。

這場比賽，其實是李俊朗和另一名 100 米好手的競爭，整場比賽仿佛焦點就是他們。由一開始拋離大隊，已是他們互相競爭之賽。開頭李俊朗稍稍後落，後來反超贏了。全場歡呼。

而他衝過終點後，不是停止了，反而繼續跑。

當全世界都好奇他要去哪裏時，他跑到寶兒的身邊，眾目睽睽之下擁抱了她。

然後，在眾目睽睽之下，他親了寶兒一下，説：「我嘅終點就係妳。」

『好恐怖呀阿原，來夜晚嘅學校係咁。』

『喂，你唔講我唔覺，你一講我就覺！』

『我出謎語引開妳注意力。
嘩，你卡唔卡雞蛋去吓花叢到會變咩？』

『唔卡OO呀。』

『咪就係會變花旦囉！係咪好笑！』

第九章

第九章

『你喊啊？喊豬。』

『我無⋯⋯』

『成本簿就嚟整濕哂啦喎，仲話無，倔強啦你。』

我這才發覺留言簿已滿是我的淚痕，當中不少字都因眼淚融化了。

『對唔住⋯⋯』

『喊豬喊豬喊豬喊豬。』

『我唔係㗎！我只係⋯⋯飲水唔小心倒瀉。』

『喔～你又會咁啱時間嘅。』

『唔好信囉！』

『喊豬喊豬～呵呵～呢個名好得意，好襯你！』

『鬼襯。』

『我聽唔知邊個講，肯為個女仔喊嘅男仔，唔差得去邊。』

『咩理論㗎㗎。』

『夏語理論。』

『白痴。』

『喊豬。』

『夏語係個白痴！』

『林一俞係個喊豬喊豬！。』

『白痴白痴白痴白痴白痴白痴白痴白痴白痴！』

『喊豬喊豬喊豬喊豬喊豬喊豬喊豬喊豬喊豬喊喊豬！』

『好無聊啊妳！』

『夠你無聊？你……其實做咩事啊？寶兒拒絕你？』

『佢無，但佢已經同另一個人一齊啦。』

『恭喜你！你又可以去森林探險啦。』

『探險？』

『啊，其實我都唔係好識安慰人㗎咋，你唔好介意。哈哈哈。』

話雖如此，跟她聊着聊着，剛才沉重陰霾的心情漸露一點曙光。『夜啦喊豬，你唔走啊？』

　　『不如妳今晚陪我好無？』我不知哪來的膽量，衝口而出一個奇怪的要求。

　　這句話傳去後，久久都不見有簿回來，等到我開始有點心慌。

　　這個要求會不會過分一點？

　　『你指留喺學校過夜？好啊好啊！喂，我未試過喺學校過夜㗎！好似好刺激咁！！』她還特意畫了一個興奮緊張的女孩出來。

　　『但妳可以？』

　　『我可以啊。點解唔可以？』

　　『妳屋企人唔會有微言妳唔返屋企㗎咩？』

　　『哈哈，你少擔心，我成日都會去人屋企玩，佢哋慣㗎。』

　　我好像忘了，零三年的香港也是有手機，只不過不是我們這種智能手機，那時手機還是以通話為主。

　　我忽然腦海竄出一個念頭。

　　『我想試一啲嘢啊？』

『好啊！』她從來都是這般的爽快。

『妳電話幾多號？』她寫下電話號碼給我後，我便拿出手機，嘗試打過去。

會不會現在的夏語接通？

我握着電話，感覺手心稍濕，心跳的頻率有點不正常。

不知道，她的聲音是如何？

會不會很兇惡？

會不會不認得我？

「你所打嘅電話號碼用戶，已經停止服務……」

咦？

她已經沒有用這個號碼了？

我這才想起，如果那個李曉兒是夏語，那麼打不通給她也是正常。

『打唔通啊……』

『不如試下我打畀你。』

我給了電話號碼給她後，電話也是久久未響。

『妳打咗喫啦？』

『打咗喫啦，打唔通。』

正常，十年前的我當時也未有電話。

『證明打電話唔可以穿越時間。』

『咁你太可惜，少咗一個機會聽美麗又動聽嘅聲音。』她説。

『自大啦你。』

因為有校工，在學校關門之前會循例檢查一下學校四周，包括課室。我們唯有先上天台避開檢查，直到學校鎖門後才回到課室。

步上天台，夜晚的溫度更顯得清涼。從高處望去，四周百家燈火，此刻在我眼中都好像記錄着我與寶兒的回憶，仿佛在低泣。

我深深吸呼了一口氣。這晚的黑夜好像特別鬱悶。

過了大概半小時後，我去了四樓廁所旁邊的雜務房。

眾所周知，每層總有一間雜務房收着眾房的鎖匙，但少人知道的是四樓那間是一直故意不鎖的，用作以防萬一的意外。

拿到鎖匙後，我便回到班房了。

不得不説的説，平日熱鬧多人的學校，一到夜晚則陰森恐怖得要命。

『我返嚟啦。』

『我一早搞掂啦，你好慢！』

『好恐怖啊原來夜晚嘅學校係咁。』

『喂，你唔講我唔覺，你一講我就覺！』

『我出謎語引開妳注意力。哼，你知唔知雞蛋去咗花叢到會變咩？』

『唔知啊。』

『咪就係會變花旦囉！係咪好笑！』

『唔好笑！！』

『咁雞蛋去咗死海又會變咩？』

『死蛋？』

『鹹蛋啊。唔好笑咩？』

『林一俞死白痴。』

那一晚，我們聊了許多無聊的說話。一向跟她的話題都是永無窮盡，只是那一晚的感覺更深而已。

寫，等，寫，等。

大概這種聊天模式在今日少見。但是這個等的過程也不難受，反而是期待。

月光散照在班房四周，有一種莫名奇妙的安靜，我就坐在最後排的桌上，跟夏語聊着。

奇妙的感覺吧，我還是會這樣形容。

『妳想去環遊世界？』

『嗯！夢想嚟㗎，我想去世界每一個角落玩下、睇下同食下，咁都唔錯啊。』

『我都覺得咁樣唔錯。只係唔使返工咩？』

『返工咁悶，人生有四十幾年都去咗返工。我用兩、三年環遊世界都唔過分啊？』

說的也是。

『咁妳最想去邊度？』

『去……蒙古啩。』

『蒙古？點解啊？』

一般的女生都不是想去歐洲的嗎？什麼城堡、水鄉，比較浪漫吧？

『騎馬好似好好玩咁。同埋瞓喺草原睇星星，好似好好 Feel。』

我發覺，這個女孩還是有她浪漫的一面。

『到時買頂蒙古帽畀你。』

『哈，好啊，我要一頂型仔啲嘅。』

『咁你嘅夢想呢？』

『我？已經無咗啦。』我本來的夢想是寶兒，現在大概已幻滅。

『喂，林一俞。』

『嗯？』

『我好肚餓啊。』

『妳唔提尤至可，一提我都好肚餓。』

我們兩個人由下午至現在還未吃晚飯，肚餓是正常的吧。而且又不能到外面買飯食。

『我好想食餃子啊！』

『我都想食豬排飯。』

『我想食餃子！』

『咁都無辦法㗎。』

『最衰都係你！』

『係啦……』

『喂，我問你啊。你鍾意寶兒乜嘢？』

『佢嘅笑容，佢嘅善解人意吖……當然無可否認，佢外表都係好靚。』

『唔知鍾意人係咩感覺呢。』這種感慨的說話，不像她的說話。

『妳無試過鍾意人咩？』

『未啊，都話未試過拍拖，好悶嘛。』

『暗戀都有吖。』

『無喎……暗戀唔係仲唔好玩咩？』

『真係一個怪人。』

『唔知呢，鍾意……係咪就係個心好似被一隻鹿咁撞嚟撞去嘅感覺？』

『我諗……』

驀地，我聽到房外傳出絲絲聲響，微弱卻實在。

呼啪……呼……啪……

聲音斷斷續續地班房外面傳來，這個聲量，如果在平日的班房裏，是絕對不會聽到的。

可是現在是寂靜空無一人的學校，稍有聲音也容易聽得到。

我已經全身發毛，腦海浮現起在營地時，李蘋怡説的那個故事。

「個學生膽粗粗咁去敲門，『咚咚』，啲枱櫈聲好似有生命咁，一聽到就即刻靜咗……佢想開門入去睇下，一扭，先發現……無人。」

不會那麼邪門吧？

此刻好想跟夏語説……

不過説了又如何？

我把留言簿本來的字句刪去，改為：『妳呢，妳嗰邊有無咩特別嘢？』

『有咩特別嘢啊？你唔好諗住嚇我喎！無用㗎呢招。』

第九章

『畀妳識穿咗㗎。』

『當然啦，本小姐咁醒。』

即是說只有我能聽到怪聲。我想了很久，最後決定鼓起膽來，走向門口。

呼……啪……的聲音的越見清晰和實在。

肯定不是我聽錯。實驗室那裏傳過來嗎？

我一步一步走向走廊，不知為何，走廊此刻顯得更是幽深恐怖，漆黑得伸手不見五指。

總覺得後面有人。

我轉眼瞧向後，卻看不見任何東西。

心理多疑？

一陣寒風颯颯吹過，我不禁打了一個冷顫。

好冷。

外面還有被風吹得沙沙作聲的樹木，現在，這些樹木聲聽起來恐怖得很，仿佛在嗚嗚叫。

我抱緊抖震的身體，朝着聲音發出的方向走去。

好像⋯⋯又不是從實驗室裏發出的。

實驗室不在這一層，而聲音確確實實應該由這一層發出的。

儘管理智告訴我，停止你的好奇心和腳步，回去班房吧。可是我的腳步停不了。愈害怕恐怖，反而愈往可怕的事方向去，我不禁問自己，是否發了什麼神經病。

我的心跳絕對每分鐘跳 180 以上，心臟已緊張得快負荷不了。

呼啪⋯⋯

呼啪⋯⋯

我們學校的走廊是 L 字型的，而廁所正位於 L 字中那個轉角位置。

聲音愈來愈清楚。

呼啪⋯⋯呼啪⋯⋯

好像是有人在洗手間拍打什麼？

呼啪⋯⋯

呼啪⋯⋯

驀地，我想起了，全身一陣寒意竄過，如電流般掃過！

不是李蘋怡，而是張自強！

我馬上逃回班房，大力的把門「呼」的一聲關上。

好像能壯膽一樣。

『夏語……我有啲嘢想問妳！』

『你做咩好似好緊張咁啊？』

『我用嗰個願望啦！妳……到底係咪李曉兒？』

「你講得你嘅表白計劃未啊？」
「秘密啊。到時你咪知囉。」

他還是逕自練着結他，沒有理過我。

第十章

第十章

散彈曾經花了一個暑假去苦學結他。

我依稀記得那個暑假，那個炎夏，天氣酷熱得讓人不想外出。

如果可以，真的想整日都開冷氣，躲在家裏，臥在沙發上喝冰涼的飲品，吹吹涼風就一天。

可惜家中只要有一個叫媽媽的生物，一切都變得只是夢想。

「死出街玩啦你。」她對我説。

我唯有去散彈的家避暑。

「喂，你覺得我係咪應該搵人教我好啲？」

我躺在他的牀上，他則坐在地上左調右調剛買回來不久的結他，腳前還有一本《自學結他攻略：一個月速學結他全手冊》。

「點解無啦啦想學結他？」我懶洋洋地説。

他轉身對着我想説話，我馬上制止他：「小心你把口。」

保持距離。

「我今次諗到一條絕世好橋。」

「又咩好橋啊?」每次他都是這樣說:「我想到一條絕世好橋!今次小雅一定會接受我。」只是,每次他說的好橋都不怎麼樣。

至少,從結果論上面來說吧。

「你覺得我買結他嚟做咩?」

「你想自彈自唱咁表白?」

「中咗啲,我仲有其他計劃。」

「喔。」我冷淡地說。

我不看好這事,當時以為他只是三分鐘熱度,玩過就算,誰知道他那麼認真,找了老師上堂,一星期上足七天,比上學更勤力。

「我無學過嘛,要急起直追唯有係咁。」

他想趕在暑假結束前能表白。

見他每天都在練同一首歌,彈得手指頭痛得呱呱大叫。由本來彈一彈已很困難,到轉 Chord 總會卡一卡,再到基本上彈得很流暢,我可算是他的見證人,見證他的進步。

「哇哇,好痛好痛。」

「咁咪休息下囉。」

「打鐵趁熱嘛。」

「你講得你嘅表白計劃未啊？」

「秘密啊。到時你咪知囉。」他還是徑自練着結他，沒有理過我。

那個夏天真的很熱，蟬鳴叫了一整個夏天，他也苦練結他了一整個夏天。甚至我開始產生幻覺，他們在共鳴演奏。

炎熱的夏天。

「我買咗雪條返嚟啦。」只是下樓買雪條，已經出了一身汗。

兩個人分享着橙味雪條，一邊望着窗外的藍天，蔚藍的天空沒有一片白雲遮蔽，看起來一望無際。

「點解咁鍾意小雅啫？」

「鍾意一個人，梗係全力去鍾意㗎啦。」他的牙齒都染成橙色。

我不理解，雖說我不是沒有喜歡過人，小學的女同學，中學的學姐，只是感覺來得快，去得快。

不太理解。

「有無諗過其實佢一世都唔會鍾意你？」

「有⋯⋯又或者無。」他給了我一個矛盾的答案。

「放棄呢？」

「直到我嘅勇氣用盡嘅一日啩。」

「你都會㗎咩？」他最終也得在暑假完結前表白。

　　那晚，他和小雅走在中環碼頭，行到一個街頭表演藝人面前時，他搶了那個人的結他。

　　「你傻咗啊？」小雅驚訝地問，不停向藝人道歉。

　　他沒有理會她，那個藝人也沒有要回結他，反而跑出了幾個途人出來，散彈開始彈着，他們就開始伴舞。

　　「忘了是怎麼開始，也許就是對你有一種感覺。忽然間發現自己，已深深愛上你，真的很簡單⋯⋯」

　　他們是預定的，散彈一早買通他們。

　　「做我女朋友好無？」

　　這次是最可能的一次，因為小雅確是很感動，當場哭了。

　　　　　　　　　　　　　　　　　　　　　　　第十章

只是，他們還是沒有在一起。我沒有問原因，愛情實在難以問原因。

即使如此，他們的整個中學生涯互相交織着，每段時間，總有對方的出現，難以想像沒有了對方的生活。

包括我也是。

我想，我們會一直一起繼續渡過暑假，繼續看散彈今次搞什麼花樣，一起上大專。

散彈説：「我要去外國讀書啦。」

蟬不再叫了。

「無啦啦走咩呀？
中一唔走，中三唔走，
又唔揀考完試先走，揀中五先嚟走？」

「我暑假先走㗎。」

第十一章

第十一章

「下？你講咩話？」我不禁大聲喊出來，驚動四周正在看書的人。

「喂，細聲啲啦，呢度圖書館嚟㗎。」散彈馬上着意我把聲音收細。

「你講多次。」

「我去外國讀書啦。」

「你講真定講笑？」

本來星期六的早上，我和散彈到圖書館，打算翻查一下舊報紙，看能不能找到十年前的案件的詳細資料，辛勞了一個早上，一無所得之餘，還親耳聽到這個壞消息。

「講真㗎。」

「無啦啦走咩啊？中一唔走，中三唔走，又唔揀考完試先走，揀中五先嚟走？」

「我暑假先走㗎。」

「點解要揀呢段時間啊？你捨得我哋啦？小雅呢？」我激動得面紅，是因為一時間難以接受。

「媽咪好辛苦咁問到親戚借錢，供我去外國。唔通我要拒絕佢嘅心意？」

「你自己嘅意願呢？」

他沒有作聲。

我們沉默了一段時間。

「我哋都係繼續去搵啦。」他說。

「小雅呢？」

「唔？」

「你放得低㗎咩？」

他還是沒有回答。

似乎他不會回答這個問題，我不打算追問下去。

我們繼續在舊報紙中翻尋，其實學生自殺的新聞不是沒有，只是沒有我們學校的。

「應該一早問定佢哋，究竟件事發生喺邊月邊日，而家真係整死自己。」

「不過已經可以否定唔係一月。」

他忽然又説：「嗰日做咩一個人走咗去啊？」

「邊日。」其實我知道他説運動會那日。

「扮嘢，你明明知。」

「嗯。」

「其實寶兒都無正式咁接受佢。」

「佢都無拒絕嘛，唔係咩？」

「係，但……」

「喂，咪住先，係咪呢篇？」我翻出一篇舊新聞。

【本報訊】香港ＸＸ中學昨日揭發命案，一名有精神病前科的十七歲少女於該校五樓跳樓，下墜操場當場死亡。現場消息稱，女生患有精神病，本來病情好轉，卻忽然病發做出輕生行為。

在校成績優異

自殺女生姓李（十七歲），是品學兼優的好學生，特別擅長英文，更是英文朗誦隊的成員之一，代校出賽。在校內亦奪下不少獎項，包括成績優異獎。ＸＸ中學校長表示對事件感到難過，向其家人致以深切慰問，並稱李姓少女是一名勤奮好學的好學生，深受同學老師愛戴，意想不到會發生此等悲劇。

事發於學校午膳時分，據消息指，李姓少女嚎啕大哭地從五樓的走廊爬上欄杆，當時不少同學目睹這一幕，紛紛驚訝呼，有人立即跑去告知老師，唯為時已晚，李姓少女一躍而下，當場死亡不治。有人目睹其自殺前，口中唸唸有詞。

警員調查後指事件無可疑，懷疑女生因精神病發，一時失控而死。據知，她從數個月前，因考試壓力太大患上精神病，在課堂無緣無故大叫，曾有一段時間停課。直到病情好轉回校。

據該校麥主任所言，李同學的病情原好轉，身邊的同學們也感到高興，意想不料，她的病情忽然急轉直下，做出輕生行為。學校方面擔心不少同學目睹死亡過程，情緒會受困擾，校長將會安排輔導員跟進輔導。

香港中學聯會主席黃一海指，現時教育課程繁重，學生需面對極大考試及功課壓力。他估計考試是學生的其中一個壓力來源，建議學生若感受壓力應即時求助。

「應該係呢一篇，中學同時間都符合。」我説。

「嗯，連個姓氏都一樣，唔會咁橋啩。」散彈同意道。

「英文叻……同小雅家姐講嘅嘢都一樣啊。」

「可以肯定係佢啦咁，睇嚟因為考試壓力太大所以搞成咁。唉，又一個係教育體制下嘅犧牲品。」

「但其實單新聞都無乜特別資訊畀到我哋。」

「起碼都知佢係咩原因精神病啊。」散彈説。

「的確係嘅。」

「其實如果你問李俊朗，唔係更加快咩？」

「都要佢肯應我先得㗎，佢咁仇視我。」我攤手表示無奈。

「而家你救佢家姐喎。」

「佢點會信啊。」

「叫寶兒⋯⋯無嘢啦。」他忽然閉口不説。

　　我拿着舊報紙，左翻右看時，思緒漸漸浮現起那一封電郵。

　　先前也有説過，我趁着聖誕節假沒事情做，每個人也去了旅行時，我上網搜查有關時空的資料，發現了一個故事。

　　故事是講述一個人聲稱他寄信回到過去，改變一些錯失的事情，才成功挽救了一段感情，娶了他現在的太太。

　　我發覺這一件事跟我與夏語的事情很相似，所以就寄了電郵去詢問。由於我一向沒有檢查電郵（一向沒有人寄電郵來）的習慣，結果把一封一個星期後已經回覆的電郵，拖到現在才打開。

　　「你睇咩啊無啦啦？」散彈問。

　　那個男人的回覆如下：

RE:【這一晚，有個陌生女孩睡了我的牀】

方禮賢
to me ▾

多謝你嘅電郵。個故事的確係真。或者我咁講啦，曾經我老婆遇上一啲困難，當時年少無知嘅我，無做任何挽留，白白由得佢走，令到我哋嘅人生走上一條完全唔一樣嘅路。

佢無助嘅時候，遇上一個熱心幫助佢嘅家庭同男仔，即使我哋最後見返，一切都已經太遲，佢已經決定嫁畀嗰個熱心嘅男仔。

正當我生命最絕望嘅時候，我唔知點解有一個念頭，好想將佢寫成一個故事，放咗入郵筒寄畀以前嘅我，去挽留個女仔。

結果歷史真係改變咗，我諗封信真係寄出咗，佢亦成為咗我而家嘅老婆，不過保留原有記憶嘅好似只得我一個。

你話你同一個女仔嘅故事好似我哋，唔知又係點㗎呢？期待你嘅分享。

方禮賢 上

（編按：有興趣的讀者可以上網閱讀《這一晚，有個陌生女孩睡了我的牀》）

錯誤地
與十年前的女孩
通信

「呢個世界真係無奇不有。咁都可以挽回個愛人。」散彈説。

「因為呢件事,我更加肯定我係要改變一啲嘢。」我盯着報紙裏面的新聞説:「李曉兒……」

我窺了一眼日期,三月三日。

離現在只剩下一個多月。

時間不多。

有人目睹其自殺前,口中唸唸有詞。

到底佢臨死前説什麼?

我仔細咬嚼報紙中的每一個文字,愈想便愈覺得奇怪。

「做咩皺晒眉頭咁?」散彈問。

「無,我只係諗……好似有啲唔合理。」

「唔合理?」他把頭伸過來瞧了一眼後説:「無啊。」

「佢學業壓力大導致精神病,我都姑且可以接受。但佢個病好轉,又突然復發嘅原因係咩?」

「總會有原因㗎嘛？」我再説：「淨係話佢病情忽然急轉直下，呢樣嘢好奇怪。」

「聽你咁講，又好似係喎。」他點點頭。

到底是什麼事？「你直接問以前嗰個女仔唔得咩？」

「佢有幫緊我查。」我漫不經心地説。

散彈瞪大眼睛説：「即係話？」

我點頭説：「即係話，佢唔係李曉兒。」

事情回到那一晚。

『我用嗰個願望啦！妳……到底係咪李曉兒？』我慌張地問。或許我太緊張，字都寫得歪歪斜斜的。

千萬不要。

在等待回覆時，每一秒的跳躍都像過了十年一樣。

慢慢長長，難以忍耐。我還能聽到自己的急劇的心跳聲。

廁所傳來呼呼啪啪的聲音也不知道，何時消失了。

良久後，終於有留言簿回來。

『你好豬，我唔係咩李曉兒囉！』

她不是李曉兒？

即是説我一直都猜測錯誤？

換言之，換言之……

十年前自殺的不是她，死的不是她……

可是，我鬆了一口大氣，倒為自己的猜錯感到開心。我一直不希望那個人是她。

『咁你到底叫咩名？』

『喂，呢個係另一條問題啦。你嘅願望呢～就已經用完啦！呵呵……』

從她身上佔到一點便宜根本比畫一個有角的圓形更難。

『小氣鬼。』

『關小氣咩事～其實點解你會估我係李曉兒嘅？』

『妳識佢？』

『唔識啊，邊個嚟？』

該不該告訴她整件事呢？這會不會把她嚇壞？

以我對她的認識和她的性格，絕對不會。

何況，她並不是事件中的主角。

我決定把整件事完完全全地道出。

洋洋灑灑的一寫，已經佔滿了一整版的留言簿。

『原來會有一件咁恐怖嘅事會發生㗎？』

我還是頭一次從她口中聽到「恐怖」。

總覺得有些格格不入。她不像這種人。

『我諗呢個都係我哋會遇到嘅原因。』

『有人想我哋改變呢件悲劇？會係邊個？』

『神？精靈？我都唔知，不過呢個唔係重點。』我沒有任何的頭緒，不過清楚這不是重點。

重點要如何阻止。

『好！我會去搵下李曉兒呢個人，唔會畀呢件事發生嘅！你知唔知呢件事發生喺幾時？』

『呃⋯⋯我要查一查先，不過妳要小心喎。』

『小心？』

『因為⋯⋯如果你直接講出事實，可能會嚇親人，佢甚至當妳黐線。』我回想起寶兒的提醒，讓我的呼吸頓時變得有點困難。

『喔，係喎⋯⋯好細心啊你。』

『妳粗心啫。』

『咁我哋 keep 住互相交換資料啦。』

『好啊！』

啊。

我該告訴她剛才走廊的事嗎？

還是不要好了⋯⋯

是我聽錯，對吧？

『林一俞。』

『唔？』

『我覺得⋯⋯你都有少少少少少少咁多係一個好人。』

寶兒，我也漸漸疏遠了她許多。

無論什麼對話，我都冷淡對待，無論什麼約會，我都推掉。

第十二章

第十二章

今天是星期一，早上有集會。

在早會前，眾人都在操場等待着，而我才剛剛回校，寶兒就喝住了我。

「阿俞。」

「呃⋯⋯寶兒？」一看到她，胸口就被無形的大石壓得喘不過氣來。

我想見她，卻又不想見到。

揉合了苦與酸甜，好像一顆未熟的葡萄。

好矛盾。

「你今晚得唔得閒？」

「做咩？」

「我哋去食飯啊好無？」她微笑説。

笑容依舊可愛，卻多了一種很遙遠的感覺。

「我哋？」我們的意思是？

「我哋班人啊，唔……連埋李俊朗。」

「我好似今晚……唔太得閒。」

「真㗎？」

「嗯。」我點頭説。

是吧？不是的。

「嚟啦。我哋成班人一齊食喎。」她失望道。

「我再考慮下。」其實也不用考慮。

「咁約定你㗎啦！你要嚟啊。」她呵呵笑起來，轉身就走去。

我沒有説會來……雖然如散彈所説，他們好像沒有正式在一起。不過，在我心目中，這些舉動已經算寶兒接受了。你會任一個男生親你然後能繼續當朋友嗎？

我希望不是。

『咁我到底應唔應該去？』

『咁你仲鍾唔鍾意佢？』

『鍾意啊。』當然喜歡。

『長情豬豬。』

『嗯……』

『好啦，唔笑你啦！如果我係你……我可能都唔會好想去。』

『即係我應該唔去？』

『其實真係無晒任何可能咩？佢哋都未一齊。』

『唔知呢……』

『雖然我話唔會好想去，但我都會去。愛就愛到盡嘛！未打先認輸好唔掂！』她説得好像有道理。

『夏語。』

『我喺度啊，長情豬。』

『我發現呢……而家見到佢，心裏面就會覺得好難受，好似揪住揪住，好似就斷氣咁。我唔知點解有啲嬲佢，又有啲嬲自己。好嬲自己咁蠢，點解唔早啲表白，總係喺度等，大安指意咁等，覺得有好多時間，好多機會。直到而家，我先知道，原來機會係得一次。錯過，先知我係幾咁想同佢講……我係鍾意佢……』

錯誤地
與十年前的女孩
通信

180

最後我還是缺席了。實在不太想出席任何有他們兩個人的約會。

寶兒，我也漸漸疏遠了她許多。

無論什麼對話，我都冷淡對待，無論什麼約會，我都推掉。

其他人明白我突然冷淡的原因，只是寶兒她不明白，也好，就這樣不明白未嘗不是一件好事。

這段時間，總有一種有苦不知向誰訴的感覺。但夏語卻好像我的樹洞，能讓我舒暢地說出任何心底話。這些日子，我們的聊天的頻率比任何時間都還高。無論什麼堂也不放過聊天的機會，我們留言簿的消耗率立時高出了許多。

一本，兩本，三本。

夏語抱怨說她買留言簿已買到她快破產。沒法子，因為我們什麼無聊的事也能聊一頓。

『喂，你覺得呢樣係咩？』她畫了一頂帽子出來。

『帽囉。』這不是顯然易見的嗎？

『無啲童心！你呢個被俗世污染咗嘅奴隸。』

下？

『關咩事啊？』

『都無幻想力嘅，無都算，連小王子都未睇過，你應該要打屁股！』

《小王子》？

『我確實未睇過。』

『呢個係一條蟒蛇消化緊一隻象啊。』

『呢個點睇都係一頂帽啦係咪？』

『所以咪話你無童心～』

『明明係帽。』

『真係蟒蛇！』

『係帽！』

『係蟒蛇！』

『係帽！』

『係蟒蛇！』

我畫了一整頁全都是帽，她更狠，直接把那一頁撕去，然後畫了一整頁的蛇反擊。

我們開始了圖畫大戰。飛機打怪獸，青蛙戰太陽，不知什麼時候連超人 ACE 也出來了。

『無啦，必殺死光，你死咗喇啦！』

『死咗一隻，仲有千千萬萬隻！』我重畫一隻新的怪物出來。

『哼，超人係不死㗎！』

『怕你？繼續嚟啦。』

跟她在一起，好像都會沾上她的孩子氣，變成一個童心未泯的人，胡鬧一頓。

體育堂是我最不想上的堂，因為不能留在課室跟夏語說話。

不幸的，這一天的體育堂跟 A 班合併上堂。

跑什麼……九分鐘。就是每年那個測量你九分鐘能跑多少個圈。由於我們學校的操場太細，每次也是移師到附近的公園跑。

女生先跑。

「俞，你幫我計得唔得？」寶兒過來問。

「我幫你啊？」李俊朗說。

她尷尬地笑了笑，我微笑表示不介意。

之後我去了幫阿婷計圈。

她的成績是十六個圈，算是不錯吧？

換男生上場了。

「加油啊，唔好輸畀佢。」在開始前，阿婷靜悄悄對我說。

「輸畀邊個？」

「你知嘅。」

「我都無諗住鬥。」

可是，我忽然又想，如果我跑贏李俊朗，寶兒會不再留意李俊朗，改為喜歡我嗎？

我搖搖頭，心中卻留有一點這樣幼稚的想法。

或者，因為在殘酷中，總想有一點安慰。

特別是，她跟李俊朗聊得很親密開心時。

開跑前，我稍稍轉頭望向寶兒那邊、

「準備……開始！」

雖說我沒有什麼運動細胞，短跑比任何人都慢，因四肢笨拙，但奇怪的是，我長跑還不錯，大概我的心肺適能還算可以。

公園算是頗大，九分鐘大概只能跑兩個圈。

一開始，運動較好的那幾個人首先帶頭領着大隊，包括李俊朗在內。

曾聽聞過一些長跑理論，不是一開始就發力，大大地拋棄你的對手，就是逐漸加速追趕。

顯然李俊朗他們是採用這種政策，本來領在前頭，不知何時，已開始加速拋離大隊。

在跑步時，難免會受到你身邊的人影響，想加快想超越他們，節奏卻被打亂。

我盡量保持自己的節奏，可是一想到寶兒，我就有一種慾望想加速。

我想贏，為了一個可笑的念頭。

「如果小雅望我一眼，我應該會發力十倍。」張自強說。

「哼，之前又話想放棄。」散彈不屑地道。

「咁呢啲嘢要慢慢嚟㗎嘛。」

「鬥快啊！輸咗無得同佢一齊放學。」散彈提議。

「怕你？」張自強也一臉不怕的樣子。未幾，他們兩個已經衝上前。我們就是那麼笨，那麼幼稚，那麼想在女生面前逞強。

中午的陽光溫和漫射，在寒冷的天氣中算是不錯的。跑步是不錯的思考時間，也能讓你的時間好過一點。

我的腦海在回想，到底還有什麼人可以供查問。

先前叫夏語去找李曉兒，卻發現李曉兒已經停課了。被校方要求停課的。

遲了一步。

現在向什麼方向尋找好呢？

在我不斷苦想時，已不知不覺間超越了不少人，包括那兩個笨蛋，散彈和張自強。

在我追過他們時，曾經有一段時間被他們反超前，只因跑回起點，小雅在望着，使他們用盡吃母奶的力去跑，然後馬上沒有氣。

果然是笨蛋。

雖然我也是。

最後一個圈，這時，各人的氣開始用盡，剛開跑的速度已漸漸慢下來，有些人更開始沒氣要走路我乘着這個時機，一個一個地超越，大概已走到隊伍的前排的尾端。

因我看見了李俊朗。

李俊朗正和兩個人拉鋸着。

這兩個人我都認識，一個是田徑隊的隊員，另一個純粹體能好。

我漸漸的加速，也只是輕輕的，保持着節奏去想追趕那個田徑隊的人，皆因三個之中，他屬最慢那一個。

他大概也察覺到我的威脅，腳步微微的加快。

可是他的氣大概已用盡，過了一會，還是慢了下來，大概二十秒左右，本來後排的我便超越他。

第二個也輕鬆地過了。

只剩下眼前的李俊朗。

當我追上李俊朗、二人成一平排時，雖沒有什麼言語，但從他的眼神裏，我看出了那是充滿驚訝。

無言無語，只有大家彼此滿有競爭的呼吸聲。

第十二章

轉入最後的直路，他稍稍領前我一點，他開始腳步頻密起來，整個人加速奔跑。

我完全不明白為什麼他還會有能力加速。

節奏早已被打亂，我也不顧什麼了。呼吸頻亂而急速，我也猛然奔跑起來，一時間，耳中只聽到「呼呼」的風和急速的心跳。

只差一點……只差一點……

這時剩下不到一百米，能看到寶兒正在終點等着，而我只差李俊朗一點。

腳早已跑得酸痛難耐，身體仿佛下一秒就要呼吸不了。

李俊朗只在我前面……

只差一點……

踏踏……

「哇，你好勁啊。」我彎着腰、遠離人群，大口大口呼着空氣時，寶兒對我說。

「無……我都唔係第一。」

「佢跑慣嘛，我都唔知你咁勁嘅。」

我只是一時的意氣之爭，爭什麼？其實我也不知道。

「無……」

陽光還是一樣的溫和，只是把綠色的樹葉照成金黃色一片，伴着滿地碧草和鳥語聲，剎是讓人放鬆心情。

我抬頭望寶兒，她的頭髮在陽光下染成微啡，顯得更有韻味。

「你查個女仔成點？」

「未有頭緒。」

「不如我幫你問下李俊朗啊？」

「唔該哂你……」

「唔使，我都想幫佢。」

「妳……妳同佢點？」

「唔？咩叫我同佢點？」

「佢唔係同你表白咩？」

「下？」她一時顯得很不知所措。

第十二章

「都要有答案咖？」

她低頭尷尬説：「可能……慢慢試下接受……啩。」

「妳鍾意佢？」

「咁我都無特別唔鍾意佢……」

「如果……我向妳表白先呢？」

一個汽水罐被風吹得乒乒乓乓地響，更顯出我們的死寂。

「下……我……」

「會唔會有轉機？」

她突然勉強一笑説：「你係咪講緊笑？」

「唔係，我認真。」

「我都唔知……」

「唔緊要，我都只係問下啫，無畀壓力妳㗎。純粹想知。」我搖動雙手説。

「喂，返去啦。」遠處的散彈對着我們大喊。

「走囉？」

「嗯。」

這算是我們的尾曲吧。近一年的愛戀，寫到這裏要完結。有不捨嗎？當然有。

『喂，我真係失戀啦。』我對夏語説。

她沒有理會我，直到臨放學前，我的櫃桶才出現留言簿和……繽紛樂。

『打起精神，加油！』

繽紛樂，那是我最希望寶兒能送回給我的東西……

『多謝妳。』

徐珂咏？

很耳熟的名字。我在哪裏聽過呢？

第十三章

第十三章

這陣子的中文堂換了李芝鳳代課，聞説是史 Sir 身體不適。時間還是繼續過，散彈仍是繼續他的表白，小雅還是繼續拒絕。一切好像都不會變一樣。

自然，我跟寶兒已經疏遠了不少，大家碰上面也會互相避開。（主要是我）張自強、阿婷、蘋怡等這一行人，因着我們，現在分成兩班，關係早已不像以前。

我想，是否我不夠大方，不能做到跟散彈一樣，失敗也當作沒事，導致現在這樣的局面。

案件還是繼續追查下去，雖然李曉兒沒有回校，但夏語也有盡力去問他們班的人，打聽更多消息。

可是，得到的答案基本上都是一樣。

「佢唔係正常人嚟㗎。」

甚至夏語去她的家探望，都被拒之門外。

如果我跟李俊朗的關係不致如此就好，大可直接問他。或許是寶兒看出我的憂慮，她托小雅對我説，她會幫我問李俊朗的。

『但妳本身唔識佢？』我問夏語。

『佢係中六，或者有見過，但我唔識啊。』

『喔……辛苦妳。』

『呵呵，講聲多謝先，啊咪住，請埋我飲嘢就更好！』

『睬妳都傻！』

前面説過，換了李芝鳳作代課的中文老師，這天上堂時，她忽然喊了我出去。我以為犯了什麼事，內心不安。

「喂，林一俞。」

「係……」

「你鍾意人啊？」

「下？」我沒想過她會問這些，一時間驚呆了。

「放心啦，我唔係咩中學生不應談戀愛嘅老師㗎。我只係覺得你今次篇《第二次》作得幾好，雖然文筆可以改善，但感情夠真摯動人。」

那是我把對寶兒的感情都全寫進來，現在回想有點大膽。

「啊，多謝。」

「你暗戀人咩？失戀？」

「呃，無啦。」

「我都好似好耐無睇過令我感動嘅學生作品，對上一次都好耐之前⋯⋯係徐均咏嘅一篇文令我感動。」

「喔？」

「你唔識佢都好正常，佢係好耐之前嘅人啦，佢簡直係學校傳奇，成績同運動都好出色，係貪玩咗少少咁。下次有機會，我界佢篇文你睇下。」

「好啊，多謝老師。」

徐均咏？

很耳熟的名字。我在哪裏聽過呢？

放學時，因為散彈今日約了小雅，大概又去表白，我獨自一人回家。當走到車站時，剛聽到有人大喝一聲：「⋯⋯你老尾！」我的臉就忽然感到一陣疼痛，整個人失衡倒在地上。從前在電影上看武打片，見到人被揍，也只會想：「被人打啫，無咩特別啊。」

但當你現實被人揍一拳，你就絕對不會再這樣想。原來真的超級超級的痛！

我仆倒在地上，頭腦一陣暈眩，世界顛覆再顛覆，一時站不起來。

到底電影的主角是如何被人往頭打幾拳後，完美反擊？

雖頭暈眼花，我馬上聽到一把女聲大喊：「喂，你做咩打阿俞啊！」

我認得那聲音是寶兒。

再過多幾秒，李俊朗一副充滿憤怒的樣子便出現在我的眼前。

「搞乜……春？」我按着開始發燙的傷口說。

李俊朗火爆不已，想衝過來繼續打我，卻被寶兒用力拉着。

「喂！停手啊！」寶兒喊着。

「你老母，你試下再八卦我家姐嘅嘢？有咁多嘢唔寫，專搵死人嘢去講？你係咪痴㗎？識唔識尊重？」李俊朗說。

「唔係你咁諗……」

「頂你……！」他鬆開寶兒，想一拳揮過來，卻又被按住了。

「喂，夠啦。」是一個女生，年紀比我們都大的。

好面熟……

「你帶佢走先啦。」她對寶兒説。

寶兒投來一個不知是什麼的目光，強行拉着激動的李俊朗離開了。

「你無事嗎？對唔住啊。」她蹲下來，摸着我的傷口説。

有點痛。

「唔緊要，都唔係你……」

「佢成日都係咁衝動㗎，你原諒佢啦。」她微笑地説，伸手攬我扶起身。

「你係佢屋企人？」

看來像他的姐姐，難道她有兩個姐姐？

「都算嘅，但唔係佢親生嘅家姐。」

「喔……」我點點頭，沒有理會太多，因頭腦還是有點暈眩。

「你得唔得閒？」

「嗯？」

「一係我請你飲杯嘢，當係賠罪啦好無？」

「唔使㗎，我都無事。」

「Hey, 你唔係拒絕一個靚女咁無風度嘛？」她又笑了。

這個笑容很面熟……

我到底在哪裏見過呢？

「我哋……」在我們步去附近一間咖啡店坐下時，我問：「其實我哋係咪見過㗎啦？」

她莞爾而笑説：「點解咁講嘅？飲咩？」

「啊……一杯鮮奶。」

她噗一聲笑了出來説：「果然係小弟弟。」

她叫了侍應過來，點好飲品後，我又問：「妳都未答我問題。」

「你嘅問題？」

「我哋係咪見過面？」

「點解咁問啊。咪答咗你囉。」

「唔知，我好似見過你咁。」

「好傷心啊，你咁快唔記得咗我。」

　　　　　　　　　　　第十三章

「下？」

「你哋文化節嗰日啊。」

喔！我想起了。

她就是文化節那日，來光顧我們的那個女生。

「喔，我記起啦！係咪妳幫我哋贏㗎？」

「舉手之勞啫，我都想睇下俊朗佢輸。」她笑笑説。

「多謝妳。」

「已經補救唔返，你記唔起我嘅傷心。」

「你叫咩名？」她又問。

「林一俞。」

「你唔問返我嘅？」

我摸摸頭，不好意思地説：「咁你叫？」

「陳善心。」

「你就係陳善心！？」我吃了一大驚，從未想過眼前出現的人就是陳善心。

李曉兒的好朋友！陳善心！

「我諗我應該未出名到，會畢咗業咁多年都有師弟都識我。」她微笑地說。

「喔，因為我呢排查緊一件事，都同你有關係。」我直接坦白地道出。

飲品這個時候送到來，侍應走後，她問：「我有啲興趣，到底係咩事？」

「係關於李曉兒嘅事。」

她蹙起眉頭說，情態認真道：「我之前都有聽過俊朗講過，佢都因為咁好嬲。」

我已經沒打算再理會李俊朗。

「求下你，你係佢好朋友，應該知道當年發生咩事。」

她用匙羹在咖啡上搞拌幾下，眼神望向遠處，不久後又復望咖啡，旋轉中的咖啡一片奶白色，給我的感覺是混濁。

「點解你會想知？純粹八卦？」她呷了一口咖啡。

「呃……其實唔係，不過妳當我係啦。」

她把咖啡放於碟上說：「咁恕我唔可以同你講啦。因為的確唔係咁好。」

　　　　　　　　　　　　　　第十三章

「唔該你，除咗你我都唔知可以搵邊個。你哋嗰班，連一個人一次都無返過嚟探老師，我真係唔知點搵你哋。」

「但為八卦，或者即使係出報，都好似唔係一個好理由。」

我心裏一直在打量，到底該告訴她嗎？

機會在眼前，不能錯失的。

「其實係咁，我識咗一個十年前嘅女仔。」

我娓娓地把事件告訴她，她在過程中顯得極為驚訝，眼神曾經一度是充滿質疑和不相信。

她良久的不能說話，然後說：「即係……」

「即係我哋可以阻住李曉兒嘅死！但首先要了解佢到底發生咩事，先可以真正幫到佢。」

她還是顯得有點震驚的望着枱面。

「你講真？」

「我講真。」

「如果你講大話咁點？」

其實我不太明白這一句，如果要想別人發誓言證明，但那人有心說謊，會怕這些嗎？

不過我還是要滿足一下，老土地說：「天打雷劈，五馬分屍啩。」

「我咁多年，從來都無諗過可以救返佢。如果佢無死到就好……我明明嗰時一直陪住佢……」她顯得有點激動，眼睛通紅。

「咁到底係……咩事？十年前仲發生啲咩？」

她抬頭望着我，雙眼紅腫，說：「件事係咁……」

「李曉兒從來都係一個對學業好認真嘅人。每次嘅頒獎典禮，都總係會見到佢嘅名，一而再，再而三出現，密密麻麻。學業嘅優異獎、良好獎唔使問一定有佢份。排名，佢總係位列喺前茅。或者可能因為咁，佢對自己嘅要求都高好多。大家都知道佢嘅志願係想入港大法律，佢亦都好努力。我都好相信，好相信佢會入到佢嘅志願。直到……或者就係呢一個轉捩點，唉，令佢走上呢條不歸路。」她說這裏時，不禁低頭掩臉。

「到底係咩事？」

「佢識咗一個男仔。」

．

「男仔？」

「係我哋學校嘅校草，叫做黃石川。」

黃石川，在我腦海中沒有這個名字，倒是頭一次聽到。
．

她續說：「黃石川係我哋嘅出咗名嘅花花公子，同過好多女仔一齊，追過嘅女仔都唔少，其實我都曾經勸過曉兒唔好接近呢個人，但佢唔聽！最後佢哋仲一齊咗。當曉兒同佢一齊咗之後，成績無再好似以前咁好。雖然仍然唔錯，但明顯都下跌緊。一朝到晚，佢哋都係掛住玩。而且，去到會考後期，黃石川仲去咗外國留學。曉兒一直都好掛住佢，個心成日都係諗住佢。長距離嘅戀愛真係害死人，令到曉兒完全無晒心機去讀書，但佢又好緊張學業。喺咁矛盾嘅情況下，佢開始有焦慮病，最後，黃石川仲要喺外國識咗另一個人，曉兒極度傷心，屈下屈下，終於慢慢屈出個精神病嚟。亂咁做傻事。」

我點點頭。

「其實喺過程入面，我一直都陪住佢，喺佢身邊睇住佢，好驚佢會出事，成日同佢傾偈。希望可以令佢快啲步出呢個病，可惜……我一時無留意令佢……一日最衰都係我！」她痛哭起來，用手不停搥打自己胸口。

「唔關你事，你都盡咗力㗎啦。」

過了一會，她擦乾眼淚就問：「咁……你明白晒件事？」

「大致都了解，好彩有你補充，稍為對件事都清楚。」

「嗯……咁就好，你哋諗住係點去救佢。」

「可能係事發嗰日提高警覺，保護佢唔畀佢做傻日。」

「嗯……」她點點頭，仿佛在思考什麼。

「你哋仲有咩係唔清楚？我可以講㗎喎。」她又問。

「暫時都好似無，其實我哋知嘅嘢都好少。」我不好意思地説。

「你知唔知佢邊日……自殺？」

「啊……」糟了，我一時間想不起來，唯有説：「……我唔知。」

「嗯……記住係三月四號，一定要係三月四號救佢！拜託你！」她眼神誠懇地説。

「好多謝你。」

我們離開咖啡店後，我才發現忘了問她為什麼曉兒會復病，轉頭一看，她的身影正輕輕地離去。

　　「咁算啦，下次先再問。」只是胸口有種悶悶的感覺。

　　好像缺了什麼。

　　我再回頭望，她已經消失在人海中。

『嘩!!!!!!!!!!!!!!!!!!!!!!!!!!!!!!!!!!!!!!
!!
!!!!!!!!!!!!!!!!係太郎啊!!!!!!
哈哈哈哈哈，你終於肯送畀我啦??』

第十四章

第十四章

『喔，原來件事係咁⋯⋯』夏語説。

課堂的鐘不知打了多少次，這日的午膳我決定留在課室吃。散彈跟張自強出去買飯，看他的神情應該又是表白失敗。話説回來，張自強好像真的漸漸放棄小雅中。

不會是因為上次跑步輸了的關係吧？

應該不是的。

『而家要做嘅，一係就盡早趁佢返學時，開導佢。嗰日都要盡量留心。』我繼説。

我忽然想起什麼，就想從袋裏翻出什麼東西來。

那是超人太郎的鎖匙扣。

我都不知逛了幾多個星期六才找得到，可是又答應了她，沒有辦法。我把它夾在留言簿裏，送到過去。

過了一會，就已經有留言簿回來。

『嘩！！！係太郎啊！！！！！！哈哈哈哈哈，你終於肯送畀我啦？？』

我仿佛隔着十年也能看見她拿住鎖匙扣公仔激動地大笑。

『一隻鎖匙扣啫。使唔使咁多感嘆號啊？』雖然我如此說，心裏還是為她的高興感到甜蜜的。

『你根本都唔明白～』

『同埋我想講，我一直都有搵緊㗎。』

『係咩？呵～算你啦。』

我還是在幻想她左手拿着公仔，一臉陶醉的望着。

我開始另開話題：『喂，妳識唔識一個叫徐均咏嘅人。』

『做咩無啦啦咁問？』

『無，只係呢排成日聽到佢個名，想睇下妳識唔識佢啫。』

『佢好出名咩？』

『好似運動好勁，讀書又好叻。妳應該無理由無聽過。』

『哼，不嬲唔留意呢啲㗎啦，李曉兒成日拎獎我咪又係無印象，我好……好似你嗰個年代咁講，好「毒」㗎。不過呢個徐均咏我識！』

『佢係咪真係咁傳説，我老師話佢好勁咁。』

『係㗎，文武兼備，哈哈哈，仲有人品好好，又靚女。』

『妳做咩係咁笑啊？』

『無無無，喂，其實我都有嘢畀你。』

『嘢呢？』我在留言簿裏沒有找到任何東西。

『講聲唔該姐姐先啦～』

『如果計呢一刻嘅年齡，其實我係大過妳。』

『好，慳返！』

『姐姐～』

『乖啦！哈哈哈哈。』

我吃了一驚，因她傳過來的不是什麼小東西，而是一個盒子，裏面裝着一個歪歪斜斜的蛋糕，剛剛好合了櫃桶的大小。

　　它類似一個芝士蛋糕，只是蛋身的傾斜就像比薩斜塔一樣，生怕碰一下也會讓它馬上倒塌。蛋糕面用果醬寫着：「傻仔，生日快樂。」

　　『妳又記得嘅？』

　　『你講過你唔記得啫，點啊，你鍾唔鍾意啊？我整咗成日㗎啦！！』

　　『唔……論外表，佢得 30 分，唔合格。不過我唔知點解好鍾意佢，所以加多一百分，變成滿分。』

　　『呵，白痴。早知落毒，等你肚瀉一個月。』

　　『好毒……不過多謝妳。』

　　我嚐了一口，果然她對食物是沒有天份。甜得像在喝糖水。

　　只是這種甜有點滲入心的感覺。

　　『我突然諗返起，乜李曉兒自殺嗰日係三月四咩？』

　　『妳咁講開……又好似真係唔係。』

　　『應該係三月三，唔係咩？』

對的，她說得對，上次我們在報紙上找到的日期，應該是三月三日。

『係，應該係。』

『咁陳善心佢點解話係三月四？』

『我諗一時記錯咋，話晒都係十年前嘅事，無乜可能記得咁清楚，一時啲細節搞錯咗都唔奇。』

『係嘅……都有呢個可能。』

我也不肯定。

難不成是報紙錯了？

也有這個可能性。

『我再去問下啦。』

『拜託你啦，我都會去睇下陳善心呢個人。』

『佢係學校出唔出名？』

『我係不問世事嘅人，你問我都無用㗎～』

『係，妳係小龍女嘛。』

『不過⋯⋯黃石川就真係有聽過，因為我哋級都好多人鍾意佢，都有唔少女仔會專登約佢，但又聽過佢好花心嘅傳聞。』

『哦，望靚仔啦而家，會唔會妳都好想約人出去？』

『係都同你出去先啦。』

是我想多了嗎？

不，現在不是想這些的時候。

陳善心是否有什麼苦衷，還是真的純粹搞錯？

難不成當中有什麼的內幕？

他聽到李曉兒這個名字時，臉色一沉，
笑容頓時退去，整個氣氛變得嚴肅起來。

「你點卡0？」從他這一句的語氣，
完全看不出他的在生氣還是什麼

第十五章

第十五章

踏入二月尾近三月時，課室已經一片春意。

所謂春天的氣息，就是所有的枱櫈都潮濕得滿佈水點、玻璃窗模糊不清、地下像溜冰場般光滑、還會經常傳來一陣冷衫的霉味。

這種天氣最難受。

「啊，我好唔鍾意春天啊。」我伏在已經用紙巾抹了一千次的枱面上抱怨。

「春天幾好啊。」散彈說。

「有咩咁好？香港嘅春天又焗又熱又濕，咁樣個人好易病㗎。」

「唔係啊，我都係覺得幾好。」

「好喺邊？」我問。

「可能習慣咗啩，一旦要轉變，就會覺得其實咁樣都唔錯。」這一句說起來時，他的眼神望向遠方。剎那間，我覺得他成熟了很多，或許是我的錯覺。

「你會返嚟㗎可？」

「會，當然會。」他保證。

我已經不敢再問他小雅的事，大概也沒有什麼好結果。唯一知道的是，小雅不知道散彈要去外國讀書，我們這班人也只有我知道。

如果知道，小雅的態度會改變嗎？

如果改變，這算是憐憫嗎？

如果算術是他的遺憾，不知道小雅又是不是他生命中最大的遺憾？

正當我想得入神時，櫃桶又有留言簿來。

是夏語的訊息。

散彈知道，抬頭好奇地問：「佢講咩？」

我拿着留言簿細看了一回，然後說：「李曉兒已經復課，返咗嚟。」

「佢返咗嚟？」

「不過有樣嘢係奇怪。」我說。

「咩奇怪？」

「佢話李曉兒喺班上面啲同學幾包容佢，好似好開心咁，唔似一個精神病人⋯⋯不過就唔見陳善心有成日陪住佢，甚至食飯都係分開食。」

散彈説：「咁唛有事咋？」

我用紙巾抹一抹臉頰沾上的口水説：「可能啩。」

內心有種被某些東西頂住的感覺。

只是，陳善心所説的，好像跟事實不太相符⋯⋯

「阿俞。」蘋怡的聲音從後面傳過來，打斷我們的對話。

「一齊食飯好無？」她提高手中的飯盒説。

我們上了天台，天台依舊一堆雜物亂放，果然久久也沒有人上來打理。

濕潤的風吹過，感覺是黐黐黏黏的，好不清爽的感覺。她打開她的焗豬排飯，我則吃我在小食部買的燒賣。

「你點啊。」

蘋怡在我們這班之中人，永遠是最主動關心人的那個，我也不討厭這種關心。

「無啊，咪都係咁。」

「唔嬲啦？」

「我從來都無嬲過。」對方不接受你的愛意就生氣，那叫佔有不成，惱羞成怒。

我沒有這個意思。

「咁係咪好傷心？」

「開頭覺得幾㗎，好似世界末日咁。慢慢無咁傷心。」

「咁你係咪仲鍾意佢。」

我停下吃燒賣的動作，認真地在思考。

「應該唔可以話唔係，但我心目中嘅位置好似愈嚟愈細，但另一個影子愈嚟愈大咁。」

「另一個影子？」

「嗯。」

「寶兒好似好唔開心。」

「喔。點解？」

「無，佢一直都同你好好朋友㗎嘛。」

「嗯。」

「會唔會可以做返好朋友？」

「可能要多一段時間啦。」

等一段時間，讓雙方，特別是自己可以冷靜過來就最好。

這段時間要多久？

我想，大概某天，我在她面前可以變回正常的自己，就是我們重捨友誼的一天。

理論上，也只是理論上而已。

「不過你知唔知散彈做咩事？」

「咩叫做咩事？」

「佢好似停咗好耐都無表白。」

可憐的散彈，表白已成為人生的必要部分。

「但佢上次唔係先表完咋咩？」

「無啊，佢放咗小雅飛機。」

竟然會這樣？

他一直最重視對小雅的約會，絕不遲到早走。更莫論他是想表白。

「咁奇怪？」

「係啊，所以咪問下你囉。」

「我都唔知，我問下佢。」

「啊。」蘋怡從袋中找出一張小紙張來，上面寫着一個電話號碼。

「上次咪話幫你問下啲人識唔識十年前嗰級嘅？」

「嗯……唔通呢個就係？」我興奮地問。

「無錯啊，搵咗好耐㗎啦。朋友再搭朋友咁搵。用咗好多人情。」

「多謝你啊蘋怡！」差點想抱住她。

「加油啦。」

第十五章

多了這個電話，應該好辦事得多。原以為這是天大的喜訊，只是沒想到今天的驚喜還不止這樣。

放學時，我經過校員室，一個身高大概有 180 以上，頂着一副黑框眼鏡，望下就覺得俊俏的男生在跟李老師道別，然後離開。

我好奇的問：「邊個嚟？」

「你師兄，返嚟探老師，風靡好多少女㗎佢以前。」

「唔會姓黃嘛？」

「你又估得中嘅？」

「石川？」

「咦，你識佢㗎？」

黃石川？我立時追趕上前。他走得不太遠，只是剛剛走在樓梯口，我不消幾步便趕上他。

「唔好意思啊。」我上前拍一拍他的肩膀，他轉頭望着我，雙眼稍睞，大概在記憶中猜想這個人是誰。

「你係？」他問。

「呃，我係你一個師弟。」這不是一個廢話嗎？

「係，我知。」他失笑問：「你搵我係？」

「我可唔可以問你啲問題？」

「我應該無咩可以解答到你？」

「李曉兒嘅事。」我直接道出重點，他聽到李曉兒這個名字時，臉色一沉，笑容頓時退去，整個氣氛變得嚴肅起來。

「你點知？」從他這一句的語氣，完全看不出他的在生氣還是什麼，只是聲音頓時壓低了一點。

「呃……一啲原因，我知道咗。」

「係咩原因？」還是沒有任何語氣，但神情已變得有所防範。

李曉兒在他心目中的位置是怎樣？

為什麼會用這個反應？

我決定避開他的問題，直接問出我心底的疑問：「陳善心話，你同李曉兒分手係因為你鍾意咗其他人。」

他皺起眉來，似是不敢相信的問：「陳善心咁講？」

第十五章

「係，佢話你去咗留學之後就識咗其他人。」

「無可能。佢唔會咁講。」

「佢真係咁講，仲話你以前係花花公子，係玩李曉兒，導致佢自殺。」

「無可能。」他斬釘截鐵地説。

我不説話，只定睛望着他。

過了一會，他終於開口問：「你係講真？」

「唔信可以同你當臉問佢。」

「無可能。」他還是這樣説。

我攤攤手表示無奈。

「當初，提出分手嘅根本唔係我，係李曉兒！我點會係識咗第二個所以分手？」他激動地説。

我想，她應該沒猜想過我會知道她的名字，還有她的樣子。

『！！！！！！！！！！！！！？？？？？？？？？？？？？？？

到！底！點！解！你！會！知！道！』

這幾隻字寫得特大，好像怕我近視看不見的。

附近還畫了一個正在鼓起泡腮、發怒的小女孩。

第十六章

第十六章

第二天上學時，一早被人喚去執拾校報櫃。

「校報櫃？」我的嘴張得不能再大。

負責校報的陳老師說：「衰仔，淨係識喊苦。每份嘅校報都會放一份喺度，只係近期要清潔下先執出嚟，我諗住你哋可以順便睇下前面啲師兄師姊點寫文，參考下嘛。」

出賣勞力也算了，還要讀書？

唉，放過我吧。

我專挑零三年的校報，窺探一下夏語年代，學校的大事件，也看看有沒有報導李曉兒的事。

當中也不外是什麼世界大事、綠色環保、歷史科學知識和新潮科技（現在看來，黑白螢幕手機應該不算新潮）

只是散文集比較好一點。

當我看到一篇好的文章時，就會留意作者的名字。

而驚巧的是，我竟然發現了夏語的名字！

夏語——徐均咏……！？

我興奮得叫了起來，然後衝去問陳老師：「呢個呢個係咩意思？」我指着名字説。

「喔！筆名嘛，嗰個年代我哋學校好興㗎。」

「即係徐均咏嘅筆名係夏語？」

「唔通係冬語？夏語，取意就係『夏蟲不可語冰』嘛。」

啊！！！！！！我終於明白那幅冰天雪地畫的意思……我終於找到她真實的名字！

原來就是那個徐均咏！

我仿佛發掘到什麼值錢的東西，或如找到海賊王的寶藏一樣，簡直高興得不能自我。

哼哼，始終給我知道了。

『到底點解佢要講大話？』

中午跟夏語聊天時，我提起昨日遇見黃石川的事。

『我都唔知，不過件事好像比我相像中更複雜。』

明明是一宗普通的案件，卻因為一個謊言，現在弄得有點難以明白。

到底為什麼陳善心要説謊？

她想隱瞞什麼？這個我實在想不通。

『咁到底李曉兒係點同佢分手？』

『照黃石川嘅講法，因為嗰時打長途好貴，佢哋一直用寫信嘅方法去溝通。直到一排，忽然間李曉兒無再回過信，之後反而係陳善心同佢講李曉兒因為有啲事，唔好聯絡佢住。後來發現係情緒病，話要同佢分手，無幾耐仲自殺死埋。』

『好奇怪，我都係諗唔通成件事。』

『唔緊要，我哋仲有蘋怡畀我哋嘅線索，我諗嗰個人應該幫到我哋。』

『放心啦，即使查唔到真相都好，我唔會畀佢嗰日自殺到。』

『多謝妳。』

『傻㗎咩？幫佢好正常。』

『係嘅，咁我講對唔住啦。』

『對唔住？』

『我要承認，妳的確係幾靚。』

『你講咩啊？』

『無啊，我話你影班相時，笑得好燦爛動人。徐均咏。』

『 ⋯⋯⋯⋯⋯ ？？？？？？？？？ 點 解 你 會 知！！！！！！！！！！！！！！！！！！！！』

我發現她已經接近瘋狂狀態，除了不斷的傳來一張又一張寫滿問號和感嘆號的紙外，還伴隨數之不盡的垃圾，水樽、紙巾、廢紙等等，快要把我的櫃桶淹沒了。

我想，她應該沒猜想過我會知道她的名字，還有她的樣子。

『！！！！！！！！！！！！？？？？？？？？？？？？？？？？到！底！點！解！你！會！知！道！』這幾隻字寫得特大，好像怕我近視看不見的。

附近還畫了一個正在鼓起泡腮、發怒的小女孩。

『我估到。』

『邊！有！可！能！快啲從實招來！』

『做乜咁介意我點知啫？』

『唔！理！快啲講！』

我發覺，把她逗得發怒，感覺是……一級爽。

可惜這樣的機會不多。

『做咩啊，妳咁靚，咁介意我知做咩？』

『收聲！！！！』

『其實妳都唔係好似唐寧啫，妳靚啲。』

『收聲！！！！！！』

她應該快崩潰，而我則笑得快要倒地。把快樂建築在別人的痛苦身上，家中的小朋友千萬別亂學。

雖然那是很爽。

她生了我氣一整天。

並要脅如果我不把自己的相片寄給她，她就永遠不跟我說話。難道這樣的要脅就有用嗎？男生們，你們說對還是不對？被女人吼幾句就妥協，是男人嗎？

夫綱何在啊！？夫唱婦隨，乃是倫常綱紀！是天地之正氣！

正所謂男外女內，乾剛坤柔，任妻胡鬧，永墜不昇，夫妻前定，惟命是崇，美醜莫嫌，端正三綱。

所以咧？

所以我也不知道我在說什麼。

總之，面對死亡，我不害怕

只會屈服。

所以咧？所以我已經立刻乖乖的把相片寄給她。

任她魚肉。

嗯，理想歸理想……

『哈哈哈哈，你個樣都幾可愛啊。』

相信我，可愛對於男性不是一個讚美詞。

『係唔夠妳靚嘅。』

『傻仔俞。』

『嗯？』

第十六章

我總覺得她好像要説一些不太好的事件。

有種不好的預感。

『你覺得呢，呢件事完咗之後，我哋會唔會再見到？』

他聽到陳善心這個名字，身體不自覺抖震了一下，很輕微的，我猜想他自己也不太察覺。

「黃石川⋯⋯黃石川⋯⋯」他喃喃自語。

他仍是望著手機，頭也不抬，語氣卻充滿好奇的問：
「呃⋯⋯陳善心佢點講？」

第十七章

第十七章

　　時間是下午五時多，我和散彈坐在一間麥當勞裏一邊聊着一邊等着，位置是不旺區的關係，這個時候的客人不算太多，只有一些中學生和數個大叔，算是蠻空閒的。

　　「點解甩底嘅？」我見無聊就隨意問。

　　「甩底？」他稍為想了一想後便道：「你指小雅？」

　　「嗯。」

　　「約咗佢嗰日，我突然間有啲驚……」

　　「驚咩啊？」雖然有點壞，但我覺得蠻好笑，一個表白無數次的人，竟然會説「驚」。

　　「我去緊嘅時候諗，以前我一直堅持係因為總係有好多時間可以畀佢接受我，但而家呢？即使努力得咗，都無乜可能可以一齊。如果佢接受，咁點算？如果得咗，咁點算？」

　　「唔係不嬲都無乜機會㗎咩。」我只是實話實説。

　　他瞪了我一眼後説：「我每一次都覺得自己有機。」

嗯，很好。他的樂觀一直是我最欣賞的地方。

「咁成功咗都可以一齊嘅，係難啲啫。」

「都無將來。我問你，你覺得你同嗰個女仔會有咩？」他説。

我無法回答

「你都答唔出。長距離戀愛，難到飛起。」

他説的話是對的。

「你捨得㗎啦？」

「當然唔啦。」

「咁就唔好畀其他嘢阻住你最原本嘅決心啦，唔係第日後悔。」我
説。

我是近來深深明白這個道理。

他把話題轉開：「你約咗嗰個人到未？」

我望一望手錶説：「應該差唔多。」

「佢又會咁順攤出嚟？」

「本來佢話有咩電話講，但我堅持面對面，咁先容易知佢講真定假嘛。本身驚死，以為佢唔會嚟，佢靜咗一陣反問我幾點邊到。」

「聽落好似都好人咁。」

「唔知呢……」

我對這個人期望甚大，希望能拼合成一個最後的真相。

應該可以吧。因此，在等待的時候我頗為緊張。

過了不到幾分鐘，我的電話就響起了。

「喂？」

「喂，我到咗。」

坐在我們眼前的是一個看起來像三十多歲的男人，鬚髮蓬亂、滿臉蠟黃、眼神空洞無力、眼袋沉重，給人一種很疲倦的感覺。

他坐下來後，不是望着我們，而是盯着手機然後説：「點，關於李……咳……佢，有咩想問？」

「我哋想知，李曉兒佢究竟係點樣有病？」我問。

「呢啲嘢，你哋到底想知嚟做咩？」

「又做乜一定要搵我？」他又補了一句。

「實不相瞞，其實係你之前，我哋已經問咗唔少人，老師、陳善心同黃石川都問過。」

他聽到陳善心這個名字，身體不自覺抖震了一下，很輕微的，我猜想他自己也不太察覺。

「黃石川……黃石川……」他喃喃自語。

他仍是望着手機，頭也不抬，語氣卻充滿好奇的問：「咁……陳善心佢點講？」

我一邊把陳善心説的話重講一次，一邊暗暗地觀察他的反應，他卻沒有什麼表情。

「佢都好清楚咁講晒出嚟啦，仲需要我做咩？」

「佢講大話，唔係咩？」我肯定説。

他似乎為我的説話感到震驚，終於第一次視線從手機望向我們。

眼神還是空洞的，不過開始帶點好奇。

「你點解會咁覺得？」

我吸了一口氣，心裏一直盤旋着的對答在腦海浮浮現現。

「因為你本來諗住講呢個版本。但你嚟到後改變主意，你想講過真相出嚟。」

這一句不完全是瞎掰。

「黐線。」

從他的反應，我知道我已經説中了。

很好，再下一城。

「你呢排失眠得好嚴重？」

「關你咩事？」

「良心過意唔去？」

「我唔知你講乜。」

「因為李曉兒？」

「我諗我哋無嘢好再講。」他憤然地站起來，打算離去。

「好啊，咁一世都受良心嘅煎熬。」

「喂，會唔會過分咗？」散彈這時候撞了我肩膀一下。

不會，都這個時候，我沒有什麼辦法。

只剩下兩日就到三月三日。

果然，他愕住了。

時間大概靜止了數十秒，他才施施然坐下。

「你到底……點知？」

「我都係估。」

「估？」

「當我講陳善心版本嘅時候，你竟然無否定。」我說：「因為我哋已經知道咗佢係講大話。」

「當你聽到一個錯嘅版本，竟然無什麼表情同指出錯誤，咁好有可能你一早已經聽過呢個版本，甚至……預早夾定係講呢個版本。」

他的呼吸開始急速起來，不時搖頭。

「所以我先話，你本來係嚟講呢個版本。」

「咁你又知我會講真話？」

「呢個真係靠估。由你一入嚟，一個好迆嘅樣，我就估你為咩咁迆。另一樣係你一直好避免同我哋眼神接觸，睇落去好心虛嘅感覺。」

「但你無拒絕我嘅邀請，仍然肯出嚟，我就諗會唔會因為你都有一絲想講真話。」

他默然無聲，我們就停留在人海的吵鬧聲中，久久的。

「唔錯，幾勁，估得幾好。」他終於開口說。

「唔係我勁，係一個女仔好勁。我同佢模擬咗幾百次今日嘅對話。」

「喔？」

「因為我哋都好想知，到底十年前發生咩事。」

他深深呼呼吸，然後說：「你講得啱，陳善心係講大話。」

我點點頭表示肯定。

「李曉兒亦都無精神病。」

我幾乎用盡我所有的力氣跑回學校。

天黑得不可思議，街路暗得想吞噬路燈微弱的黃光。

我的全身都在燃燒，刺痛，像被火燒傷，又像每個細胞都在爆裂。腹下不斷傳來撕裂的感覺，拉緊再拉緊。

我卻仍在奔跑。

我急速的喘氣聲在寂靜的街道顯得有點突兀，又像在死水中起不了什麼作用，泛不起一絲的漣漪。恐懼的感覺一直如電竄流我的全身。

學校就正在我的眼前。腦海不自禁又回想起剛才的事。

我又望望現在的手臂，現在血停了，卻仍是很痛。

還有數步就到。

今天發生的事真多。

「佢無精神病？到底係點？」

時間又回到麥當勞那裏。

「李曉兒嘅事，要由佢同陳善心講起。」

「佢哋其實一直都係好好嘅朋友。由好早開始已經係，形影不離，十足孖公仔一樣。只要有李曉兒，就有陳善心，有陳善心，就有李曉兒。大家都習慣咗佢哋係咁樣，返學、去廁所、體育堂分組、食飯，放學，永遠都一齊，好似真係會永遠咁。直到李曉兒拍拖……」他説。

　　　　　　　　　　　　　　　　第十七章

「對陳善心嚟講，其實黃石川一直係佢鍾意嘅對象。但太過遙不可及，佢太出眾，當時嘅佢太平凡。一個太遠嘅夢，自然唔會同人講。所以佢一直都收埋喺心入面，就連李曉兒都從無講過。但佢無諗過，其實佢都有位出眾嘅朋友，好受人注目。自然，當佢哋好快就一齊咗嘅時候，陳善心係幾咁驚訝。」他又道。

「陳善心唔係勸佢哋唔好一齊㗎咩？呢個係大話？」我問。

「佢最初係唔知。佢哋一齊得太快。」

「唔好介意我咁問，其實你點知？我指關於佢哋嘅事⋯⋯甚至陳善心佢心裏面諗嘅嘢，你講得都⋯⋯好詳細。」

「呢啲都係佢親自同我講。」

我眺望了他一眼。他斯斯然說：「我係佢嘅訴苦對象。簡單啲，用今日嘅術語嚟講，我係佢隻兵，仲要係無攻擊性嘅兵。不但忠心，仲要講出去都無人會信我。所以佢可以放心咁同我講。」

「喔⋯⋯對唔住，你繼續。」

「佢哋一齊時，陳善心無疏遠到李曉兒，仍然喺佢身邊做佢好朋友，會同佢同黃石川一齊出去玩，甚至諗，會唔會因為咁，黃石川會發掘到佢嘅好，而鍾意咗佢。可惜事與願違，不但無，陳善心反而仲要成日對住佢哋好甜蜜嘅一面，慢慢，佢心裏開始積埋積埋怨恨。」

「所以當黃石川要離開去外國讀書時，陳善心嗰排真係好開心。佢諗住佢哋今次終於散啦，無死。因為佢認定佢哋無可能可以維持到長距離嘅戀愛，分隔兩地，同分手有咩分別？佢嗰排心情真係好到不得了。佢未試過會送禮物畀我，但就喺嗰排竟然會開心到送咗個錢包畀我，仲成日搵我出嚟玩，同我講唔知佢哋幾點散呢嗰啲咁。點知等下等下，佢哋竟然仍然好好感情。李曉兒仲好死唔死，成日係佢面前提起黃百川。忌妒嘅陳善心，開始踏出錯誤嘅第一步。」

「錯事係？」散彈問。

「欺凌。」他簡潔地回答。

欺凌？自己的朋友？

「而且唔單止佢班朋友，佢聯合成班，甚至全級好多人去欺凌佢。」

「我無聽錯嘛？佢係佢好朋友嚟㗎啵，使唔使去到咁？」整件事情完全……

「你根本唔明白女人嘅妒忌心可以去到幾大，即使再厚嘅感情，再細嘅事，都唔係呢啲嘅阻礙。」

「李曉兒都好驚訝，佢竟然被佢最好嘅朋友排斥。唔係普通嗰隻，即係唔同佢講任何嘢、唔一齊食飯、唔一齊坐同埋分組唔一齊呢啲冷暴力都係好小嘅事。佢哋會將垃圾桶嘅所有垃圾塞入佢櫃桶，食剩啲飯、

橙皮倒入佢書包、書同筆盒寫滿晒賤人、撕爛佢做完嘅功課、搶晒佢銀包嘅錢等佢餓成日、甚至會擺用過嘅 M 巾喺佢筆袋。」

「無人阻止㗎咩？我係指點解佢可以聯合到全班人去一齊欺凌佢？老師呢？」

「曾經有人想告去老師到，後來查唔出有咩證據放棄咗。之後個同學成為咗被欺凌嘅對象之一。佢哋用嘅策略好簡單，只要有人幫同出聲，就視為敵人一齊欺凌。起初唔係無人同李曉兒講嘢，但久而久之，佢哋呢種策略嘅威逼下，每個人都變成咗沉默嘅人，冷眼旁觀一切，何況，唔少中六入嚟都唔係原校，自然唔想多事。最慘嘅係，有啲本身無參與嘅人，都因為埋堆，一齊參與一份，以欺凌變成咗佢哋團結嘅重心或者樂趣。而老師，老實講，邊睇到咁多嘢。佢哋只係會睇到李曉兒成日唔交功課，成績差咗，又會上堂無啦啦喊。佢哋睇唔到係因為佢每日都受住折磨，甚至有一晚，被佢哋喺實驗室迫佢除晒衫影相。陳善心佢哋同佢講，話李曉兒有精神病，佢哋自然都信㗎啦。甚至告李曉兒搔擾嘅，都係佢哋班人。」

張自強所說實驗室夜晚傳出聲音，會不會是因為這個原因？

「咁……黃石川呢？佢應該可以幫手㗎？」

「佢一直都唔知。」

「佢哋溝通嘅途徑基本上就係信，所以陳善心好簡單就可以偷咗佢

佢哋啲信，可以好簡單就話李曉兒病咗，叫黃石川唔好再寄信嚟。呢件事好多人都知。」

「無咗黃石川嘅保護，李曉兒只能夠默默一個去承受，陳善心亦都係睇下李曉兒一定唔會同人告密呢點，先至咁肆無忌憚去欺凌佢。其實你都想像到點解佢會成日喊，被好朋友傷害，又被佢欺凌，成班無一個出手幫助，永遠得自己一個。佢好快情緒就受唔住。終於佢放假，我諗佢放假其實對佢係好好多。」

我和散彈此刻都聽得有點心寒，不知何時我已滿身冷汗。

「佢哋喺李曉兒放假返嚟之後，仲要扮到好好，對佢唔錯，好聲好氣又道哂歉咁。令李曉兒好開心，佢以為陳善心終於變返以前嗰個佢，係佢嘅好朋友。一切嘅困難終於捱過，佢捱到佢好朋友回心轉意啦。其實只係更大嘅惡夢開始。」

「佢哋只係製造一個反差畀佢，一念天堂就打入地獄，好快就變返欺凌佢。呢種感覺，真係比死更難受。」

「李曉兒點解死，或者係陳善心嗰日同佢講咗某啲嘢。」

「某啲嘢係？」

「一啲好難聽嘅說話。或者包括呃佢黃石川唔要佢。」

「有無咁易呃到？唔會懷疑㗎咩？」

「我起初都唔太明白，不過你代入去李曉兒嘅角色，一直受欺凌同人身攻擊，對自己嘅信心真係會崩潰。男朋友一個電話同信都無嘅，陳善心講嘅嘢其實係好好嘅解答。」

「你……就一直喺度旁觀？」

「我好多次想幫佢。但我無咁做，嗰時我覺得，我鍾意嘅係陳善心，就應該對佢專一。」

這個算是愛情叫人盲目的例子？

「嗯……」我也不知道可以説什麼。

「佢一定好憎我哋。」他苦笑道。

「我唔知，但如果係我，我一定憎死你哋。」散彈説。

「呢啲就係我知嘅。」

我沉默了一會後説：「我大概明白，你嘅罪疚感點嚟。」

我看着他的眼白，漸漸成了一層水膜。

「其實咁多年……我真係好想講聲……對唔住。」他咽泣起來説。

我拿著鑰匙打開自己的號房，衝入去最後一行，一望，果然我座位的凳子、跟夏語聯絡的凳子不見了。

第十八章

第十八章

「汪汪汪汪！」當我跑過一間住宅時，立時傳來一陣洪亮的狗叫聲。

我已經跑遠了，牠還是緊張的吠過不停。瞬間來到學校，校門正深深的鎖上，怎樣拉扯也開不到。

我打量一下校門，然後捋起衣袖，提起腳就踩上校門的凹槽裏。

這一輩子我從未試過爬校門，基本上我連樹也未爬過，頂多只有公園那些遊樂設施。我手腳笨拙的左抓右擒下，好幾次差點仆倒，嚇得我膽戰心驚。

好不小心終於啪一聲落到地上，我只喘了一下氣就繼續奔跑着。

「多謝你，你肯講出嚟已經係對李曉兒嘅一種補償。」

「又或者，係注定要你呢個時候講出嚟。」我又說。

人海茫茫中仍找到他，機會實在不大。今次真是要好好多謝蘋怡。

他只是繼續低頭不語。

我拍一下散彈，示意離開，散彈說：「咁我哋走先。」然後我們就走了。

「估唔到件事係咁。」

「你覺得佢可唔可信？」

「可啊，佢都無講大話嘅原因，而且睇落好真。」

「咁宜家最緊要係返去通知夏語。」

「咁我走先啦，拜拜。」散彈揮手說。

剛走過幾步後，忽然我被一股力扯着我的衣領，一下把我撞上牆。

是陳善心。

她的臉上沒有平常的笑容，反而是顯得有點激動，突然感到她的樣子有點猙獰。

「你哋傾咗啲咩？」她兇惡地問。

「又同你有咩關係。」

「你唔講啊嘛？」她越發用力的揪住我的衣領。

「我哋一早已經知你講大話，點解你要咁做？」

「唔係叫咗你唔好咁多事㗎咩？下！」她的揪住我的衣袖，把我整個人撞到牆上，手臂狠狠地擦損。

「明明同你講完一切，點解仲要查落去？乖乖地信我唔得㗎咩？」

「天網灰灰，大話始終都會識破。當你講話三月四號係死嘅日期，好快我哋就知你講大話。」

「你呃我？」

「我當時真係唔記得先問你。證明個天都想我知道你講大話。究竟你點解可以咁殘忍？做啲咁嘅嘢出嚟？你有無人性㗎八婆！死人啊，而家係死人啊！你活生生咁迫死咗一個人！我哋想救佢，你仲要阻住晒，簡直唔係人！」我愈講愈激動，到最後幾乎是歇斯底里的叫出來。

不知為何我會無緣無故地激動，或者是為了李曉兒。

或者是能夠稍稍體會到她的悲痛。

「你又知咩！？你估我好受？咁多年好好過？你以為好多晚都瞓唔到嘅感覺係好？如果我無事，就唔會陪住人哋細佬咁耐！你估我好過？你又知乜啊？」

「咁你點解要誤導我哋？我哋可以救返佢！」

她忽然默不作聲。

「你唔係驚我哋查出真相，救返佢之後，會幫佢指證你嘅欺凌啊？」

她依然默不作聲。

「你真係一個人渣。」

「不過你哋已經無咁嘅機會。」她冷笑道。

「咩意思？」

「啉⋯⋯啉⋯⋯啉⋯⋯」

幾乎全身都筋疲力竭。我拿着鎖匙打開自己的班房，衝入去最後一行，一望，果然我座位的桌子、跟夏語聯絡的桌子不見了。

「黐線！」

他們應該無法如此公開地偷一張桌子出去，任誰眼盲的也看得到。

我急忙衝到學校的垃圾站，第一眼已看到一張桌子在垃圾堆中。

只是，它已變成一張櫃桶扭曲變形的桌子。我已經無法再考查他們到底如何破壞。

「千祈唔好⋯⋯」

櫃桶扁得完全伸不進任何一隻手指，我辛苦的把它拉開一點，它馬上發出嘰嘰聲。

留言簿還在裏面。

我打開來看，裏面竟然有不是我和夏語的字跡。

『我查到啦，原來係三月四。』我看得出他在模仿我的筆跡。

李俊朗，你這個笨蛋真的壞大事，到底還要被人騙多久？

如果你有細心看這本留言簿，就知道我不是為八卦去查你的姐姐。

媽的。

『你查清楚啦？之前咪話佢哋班好好嘅……我諗要收返。我發現，佢哋嗰班好似有啲古怪。』這是夏語的最後一句回覆。

我馬上寫：『唔係啊，唔係啊，唔係三月四，係陳善心想誤導我哋！』

「生性啊！」我把留言簿進桌子裏，並祈禱。

「千祈唔好……千祈唔好……千祈唔好……」

「千祈唔好……千祈唔好……千祈唔好……」

留言簿仿佛一個固執的老人，不聽任何的呼叫，過了近半小時，它還是半點也沒有動過的靜躺在櫃桶。

「妖！」

我已經拿不出任何詞語去形容我的心情。內心有種酸流湧出來，直奔到鼻子，有一股想哭的衝動。不明白為什麼想哭，或許是為了李曉兒。或許因為夏語會誤會了時間，最後錯失救她的機會。或許是因為我已經無辦法跟她聯絡了。

對的，已經無辦法。

陳善心，你成功了。

高興吧。

我仍緊盯着那櫃桶，深盼下一秒，留言簿就會消失，過了不久又會回來，夏語又會罵我「喊豬」，然後我們成功救了李曉兒。

傳送吧，好不好？

「你郁啦，郁啦，郁啊，你郁啦好唔好啊！係咪會死啊？有無咁廢，凹咗就唔識送？」我對着一張死物大喝。

它還是無動於衷，靜靜不動。

我又嘗試閉眼，希望一打開眼睛，就會不見了留言簿。

就會發覺是一場惡夢，明天照常回校，照常跟夏語說話，照常嘻嘻哈哈。

可以嗎？

求奇蹟出現……

我最後還是等不到奇蹟。

一切也完了。

李曉兒救不到了。

夏語也失去連絡了。

當日我忘了何時回到家，只知道很晚回家。我一覺睡到天荒地暗，連學也忘了上。

如果一覺睡醒，一切可以像故事抹去……

哪有這麼完美。

「今日唔使返學咩？」老媽見我十點才起牀，奇怪地問。

「嗯……」我沒神沒氣地回答。

唉，我真的無辦法？

好像真的是。

「嘅然咁得閒，一陣去郵筒幫我寄咗封信佢。」老媽説。

「下，唔啦。」

「幫下手會死咩。」

這個節眼誰會想去寄信。

「喂，你去唔去啊？」

我揮手拒絕。

「唔去啊。」

咦？

不！

先慢着……

郵筒？

郵筒？

我即時打開電腦，寄了一封電郵給那個人。很短的電郵，只有一句。

「請問你寄信返去以前個郵箱，到底喺邊度？」

第十八章

「可唔可以俾我五分鐘，妳係我女朋友。」

第十九章

第十九章

這個夏天，炎熱無風，活在一個大焗爐裏，還要聽蟬煩擾的叫聲，心情更添幾分煩燥。

「辛苦你啦，又要你返嚟幫手。」老黃拍拍我肩膊說。

「唔辛苦。」這是大話。

暑假期間，大概沒有人會想回來當一個老師的工人，但班主任打電話上門問你有沒有空，拒絕是很困難。

事實上我真的有。

我奉勸各位，幫老師手前要三思。因為有一必有二。

「咁你入晒呢啲落電腦，之後分返好啲簿啦。」

「係。」

又是沉悶的工作。

無奈散彈已經走了，我不能再去他的家過暑假，有點懷念他的結他聲。

他飛走了，去遙遠的他國讀書。

他走前，最後一次約了小雅出來。

「可唔可以約妳去玩一日。最後一次啊。」

小雅大概不明白最後一次的意思，不過也照樣赴約。

散彈説，那一天他和小雅玩得很開心，我不知道他所説開心的意思，可是他説，就像回到最初相識時那般。他説，在那一日，他忽然想，如果他沒有喜歡上小雅，我們的時光或許會過得更愉快、更精彩或許。這是他如此多次表白的生平裏，第一次稍有後悔。

「我係咪令到呢段關係變質？」

「你都控制唔到，點算係你嘅錯。」我説。

他説，他明白小雅的感受。

那一日，他們的確玩得很瘋狂。乘船回家時，夕陽映照在小雅，散彈説，她還是一樣的美，只不過她成熟了，輪廓深了，更有青春少女的氣息。

「我鍾意你。」

這一次，就如第一次，簡簡單單，直直接接，沒有什麼準備和禮物。

用這個結束也不錯，他說。

當然，小雅是拒絕了。

「嗰次係你第幾次表白？一百？」

「知唔知嗰刻，我諗緊乜嘢？」他沒有回應我問題。

我搖搖頭。

「嗰刻，個情景好似五年前，我喺度諗，五年嘅時間係咁就擺咗落去。我諗起張自強講，值得咩？好似，發一場夢咁，一張開眼就五年。我嘅歲月就花咗喺佢身上，睇佢就好似睇返五年前嘅自己咁，值唔值呢？」

「好哲學。」

「然後我又諗，青春就係咁，無話你放喺邊度先叫值得。無論點，呢段都係青春珍貴嘅時光，我都會好懷念呢段時光。嗰個，每日都好努力為哄一個女仔開心、為表白奮鬥嘅散彈。」

「喂，小雅。」

她準備入家門時，散彈叫住她。小雅的家住在半山腰，夜晚時顯得甚為寒冷。

「嗯？」

他行前，輕輕的捉住她的手，她沒有鬆開。

「妳可唔可以呃我五分鐘？」

「你今日做咩啊？」

「可唔可以呃我五分鐘，妳係我女朋友。」

「唔可以。」她堅決地説。也許在她心目中，是就是，非就非。

「喔……咁唔緊要啦。」

「咁拖住妳一陣……得唔得？」他又請求。

她沒有拒絕。

五分鐘，他用每一分每一秒細心地感受她手掌每個肌膚、觸感，用身體記下這個感覺。

「夠鐘啦。」她提醒他，放開手。

「喔……」

「拜拜啦。」

「拜拜啦⋯⋯」

　　再見了小雅，再見了愛人，再見了我的初戀，再見了我的青春。他心裏暗説。

其實時間和地理是最大的距離嗎？
感覺才是最大的距離。

第二十章

第二十章

我下樓去買飲品時，卻剛好遇上李芝鳳老師。

「咦，點解你返嚟嘅？」她好奇地問。

「幫老 Won⋯⋯呃⋯⋯老師手。」

她瞇眼望我説：「老咩話。」

「我愛老師。」

「亂講啦你⋯⋯喂，之前咪話畀你睇篇文嘅。」

啊，夏語那篇。

應該叫她徐均咏才對。

「係啊。」我點點頭説。

「趁得閒，我宜家搵畀你啊。」

她進入教員室，找一番後終於拿了出來。

「嗱。其實佢離咗題㗎，不過感情同你一樣好真摯。」她遞給我一張霉黃的作文紙。

「啊⋯⋯點解一定要離題啲學生先會寫得真⋯⋯」她喃喃自語。

我沒有理會她,獨自拿起就看,大概因為是舊式的作文紙,連紙的格式也不同,字格比較細和密麻。

她的字仍是很好看,我一眼便認出。

距離是什麼?不是數學上,也不是物理上的定義的話。

距離就是我與你中間隔着什麼。

那個什麼,可以是很長的公里。

有朋友對我說:「千萬不要談異地戀!這樣等同分手。」

因為異地戀隔着的什麼,是一樣又長又遠的什麼,長得會把人的感情沖淡,遠得會把人的思緒減弱。

它會把你連愛人的面孔融成一片模糊。

這就是距離的可怕。

我對那個朋友說,我也有與人隔着距離,而且更加遙遠。

　　　　　　　　　　　　　　　第二十章

他問我，他住在哪裏？

我答他，香港。他笑了出來。

「香港哪會遙遠啊。」他笑說。

或許他不明白，我和那個人隔着的什麼，不是地理上的距離，而是時間上。

我和那個人的相識，是在一張奇怪的桌子上，因為要改變一些事情，我們遇上了。

他是一個很笨的人，總會中計受騙。

他是一個很嘴硬的人，總愛鬥嘴。

他是一個很膽小的人，連向喜歡的女孩表白都遲遲不敢，卻願意為人挺身而出。

他的缺點數之不盡，猶如天上的銀河。

雖然，他中計被捉弄，卻永遠不會發火。

雖然，他嘴硬，卻心腸比任何人軟。

雖然，他膽小，卻願意為不義挺身而出。

我想我是被他這些吸引。

只可惜他有喜歡的人。

他很努力的去追，用心的去愛，用生命對待她好。

這些都是我知道的。

初戀就像急速來的龍捲風，來得快，無先兆預料，你完全毫無招架，把你捲得什麼都不剩。

初戀又像未熟的楊桃，咬下酸澀無比，可是你仍是想嘗一口。

為他的一句話而笑，為他的一句話而哭。

為他的禮物高興一整天，為他的傷心而悲痛。

就像和泉式部說：「人以身 / 投入愛情 / 如同飛蛾撲向火中 / 卻甘願不知。」

其實時間和地理是最大的距離嗎？

感覺才是最大的距離。

因為時間，你可以等。等吧，等一天重聚。

余光中說，等一個愛人是永恆，剎那，剎那，永恆。

等一個愛人，是永恆，因為你焦急的希望他會出現。

等一個愛人，是剎那，因為只要想着他的臉容，時間就會不知不覺地流逝。

我望向天空，也許這是牽牛星與河漢女的心情，只有抱着這種心情才能一直等下去。

但他們終會有等到的一日。

再遠的國家，只要踏出你的腳步也會有到達的一日。

感覺是最大的距離吧，因為你難以要一個人對你有感覺。

心的距離由此而分開。

更別論我們中間真的隔着時間。

我和那個人相隔了十年的時間。

十年，那是多遠的時間啊。

足夠你把中學和大學都唸完，足夠你把整個地球逛完數次，足夠你生數個小朋友。

所以說，十年真的很遙遠啊。

事情完結了，我們的使命完了，我與那個人也再沒有見面，自然也沒有表白的機會。

如果可以重遇一次，我會跟他說：「請不要放棄那個女孩，效法你兄弟的毅力吧。」

我記得我還有一個願望，如果可以，我希望能自私的許願，祈求你的心能容得下一場夏天的雨，讓盛夏的我，告訴你我的心意，那麼有多好。

可是我不會。

因為除了這個太遠，另外那個也太遠。

如果用一句說話用總結。

白露與夢與浮世與幻影，比諸我們的遇見，似乎更是永恆……

夏蟲不可語冰，感謝你，讓我這個夏蟲也知道冰天的滋味。

祈求你的心

能容得下一場夏天的雨

第二十一章

第二十一章

散彈飛走的那天，只有我一個去送機，因為他仍沒有告訴人。

「我諗佢哋實嬲死你。」我說。

「我都覺。」他爽朗地笑。

「點解要咁啫，畀我都實嬲死你。」

「人啊，本來就一個人嚟，一個人走㗎啦。」

「你而家有兩個人。」我質疑他。

「所以你都唔應該嚟。」他笑說。

「你要返嚟。」我說。

「我會啊。」

我忽然想起什麼似的，問道：「我可唔可以再問？」

「嗯？」

「究竟嗰次係第幾次表白？」

他奸笑一下，仍舊沒有答我。

錯誤地
與十年前的女孩
通信

「咁你幾時同寶兒表白？」

「我表咗啦。」

「我覺得佢等緊你。不如你再嚟多次。」

「點解咁講？」

「你唔見佢同李俊朗都疏遠咗好多咩？可能係為咗你。」

説起來，自從李曉兒被救活後，李俊朗的性格好像變得比較溫和。

「你直覺啫。」

「我直覺好準。」

「你每一次同小雅表白，都話直覺會成功。」

他失笑。

「你試下先啦。」

「我放低咗啦。」

「扮晒嘢咁。」

我瞪着他。

「你到而家仲係搵唔到嗰個徐均咏？」

我搖搖頭，自從郵筒一事之後，我只能感覺有什麼改變。

後來，李曉兒死亡的事確實消失了。陳善心與一班同學被趕出校，我想這是有夏語的幫助。可惜，我再去那個郵筒寄信，好像從來都沒有回音。

我確實跟她失去聯絡。

即使怎麼在現在找，也找不到她。

線，確實是徹底地斷了。

直到入閘上機的一刻，他才説：「117。」

「嗯？」

「嗰次係我第 117 次同佢表白。」他説畢這句，就入閘離開了。

其實早就超越 100 次。

「你休息下啦，都夜啦，我自己嚟返得。」老黃拍一拍我的肩膊説。

「唔該。」

無人的校園，只有蟬叫聲實在很無聊。

我上了天台。正值正午，炎陽會殺人，卻不知為何我想上去。

內心有一股衝動。

天台還是一樣，除了一些雜物堆在一起外，就空空如也。

那堆雜物忽然很吸引我的注意。我的手不受何時，已經去了觸摸那些雜物。

推開雜物，只知有幾隻用塗改液寫的字，顯眼地寫在牆上。

我笑了，眼淚卻不自控地流下來。

「奇怪，啱啱睇文都無喊……」

蟬的鳴叫聲，好像沒有那麼吵耳了。

天空，很碧藍。

近兩點時，老黃才對我說：「去買飯啦。」

媽的，我很肚餓，是收買學生性命不是？

忽然感覺自己是比廉價勞工更廉價的無價勞工。

還好，午飯是他請的。

「咁食咩？」

「你想呢？你出去買得唔得？」他問。

「無所謂，當然可以。」

「無所謂啊？咁不如食美國菜啊？」

「美國菜？」什麼東西來？

「食美國最知名餐廳。」

聽到這裏，我已經深知不妙。

媽的，果然是麥當勞，我又中伏！

我帶着 50 塊錢要去買兩個麥當勞餐回來。

我再次提醒同學，千萬不要相信你老師給你的好處。

夏天，熱得眼前的事物都有點扭扭曲曲，我走到操場，往校門去時，卻看見一個女生站在校門。

她戴着一頂夏威夷草帽，身穿白黑格條的背心，下身是牛仔熱褲，背着一個粉紅色、旅行專用的大背囊。她正用手按着草帽，辦理登記，我看不到她的臉孔。

　　我走到她的身旁拍卡，咭一聲，她聽到就抬頭望過來，我也正好望着她，兩個人就這樣對望。

　　我感到一陣天旋地轉，內心像被什麼擊震動了。

　　她笑了，我則呆了。

　　「未見過靚女？」

　　「我……妳……」我口齒有點不清，只感到我的血液在這刻急遽地燃燒。

　　心裏正急速的噗動。

　　「妳……旅行完？」我問時，眼睛被她背包上的殘舊的超人太郎公仔鎖匙扣吸引着。

　　她咬着唇，這個樣子很誘人，她笑着説：「係啊，十年嘛，夠去世界幾十次。」

　　「你個公仔……人哋送？好有品味。」

「嗯，一個蠢到死嘅人送。」

「收到，嗰個蠢到死嘅人話見到妳喺天台嘅字。」我假裝保鑣戴着耳機般收到對話。

「喔？」她想了一下，然後才尷尬地笑起來。

「咪提啦！」

「妳唔係想佢睇到㗎咩？佢話好感動。」

「佢仲答，除咗夏天細語，心再容唔落其他嘢。」

她咻一聲笑出來，眼睛卻漸漸紅了，好像下雨的先兆。她說：「白痴。」

「佢問，妳等咗佢咁耐，可唔可以等多佢一段時間。」

「你同佢講，我等夠啦，我唔會再等佢。」她說。

「喔？」我不明白……

「好蠢……哈哈哈哈。」她又笑起來。

「我……」

「唔等㗎啦。白痴豬。」她拿起草帽，秀髮隨之而飄下。

錯誤地
與十年前的女孩
通信

「妳真係唔等佢？」

「林一俞，你好蠢。」她沒有直接回應我，只叫了我的名字。

今天真的好炎熱，充滿着蟬叫，葉晃聲、風聲和女孩的笑聲。

這天的正午，忽然下起一陣雨來，在陽光照耀之時，雨嘩啦嘩啦地下起來

在夏雨中，我看見了彩虹。

- 全書完 -

第二十一章

夏語

夏蟲不可語冰

夏語

夏天細語

錯誤地
與十年前的女孩
通信

作　　者　　西樓月如鈎　　　　　責任編輯　　賜民
出版經理　　Venus　　　　　　　　設計及排版　　LINple、joe@purebookdesign

出　　版　　夢繪文創 dreamakers
網　　站　　https://dreamakers.hk
電　　郵　　hello@dreamakers.hk
facebook & instagram　@dreamakers.hk

香港發行　　春華發行代理有限公司
　　　　　　香港九龍觀塘海濱道 171 號申新證券大廈 8 樓
　　　　　　電話　2775-0388　　傳真　2690-3898
　　　　　　電郵　admin@springsino.com.hk

台灣發行　　永盈出版行銷有限公司
　　　　　　台灣 231 新北市新店區中正路 499 號 4 樓
　　　　　　電話　(02)2218-0701　　傳真　(02)2218-0704
　　　　　　電郵　rphsale@gmail.com

承　　印　　美雅印刷製本有限公司
香港初版一刷　　2022 年 7 月
ISBN: 978-988-79895-6-1
Published and Printed in Hong Kong
香港出版 版權所有 翻印必究
本故事純屬虛構 如有雷同 實屬巧合

定價 | HK$108 / TW$540
上架建議 | 流行小說
©2022 夢繪文創 dreamakers

西樓月如鈎作品

經已出版｜各大書局均有代售

《我係窮郵差，
專門幫陰陽相隔嘅親人送信》

《寫一首情詩給暗戀女孩
她反出一首謎題給我》

《我是出租陪葬師》

《離世後，我參加了一場
解開青春謎團的回憶考試》

《廟街有殭屍 I 及 II》

《錯誤地與十年前的女孩通信》

夢繪文創
dreamakers